キマジメ官僚はひたすら契約妻を愛し尽くす

～契約って、溺愛って意味でしたっけ？～

一章（side 亜沙姫）

盛夏が始まろうとしている。

都内にある大学、その古びた窓ガラスの向こうでは、アブラゼミがかしましい。

彼らの額《ひたい》にはルビー色の単眼があることを、きっと多くの人は知らない。知らなくてもセミがうるさいのは知っている。

それでいい、と私は思った。

「あんなに美しいものがついているなんて、人に知られたら大変だもの」

きっとみんな、アブラゼミを乱獲し始めるに違いない。ネコも杓子《しゃくし》もアブラゼミ狩りだ。街は一大アブラゼミブームに陥り、女子高生はこぞってアブラゼミの標本を鞄にくくりつけるだろう。

「そんなことになっては、セミがかわいそう」

「さっきから大丈夫ですか、アサヒさん」

私の向かいの席に座っていた、強面《こわもて》で大柄な男性がそう言った。低めの、少し掠《かす》れた声だった。

彼の名前は鮫川桔平《さめかわきっぺい》くん。私の大学生時代からの後輩で、今は農林水産省の総合職《キャリア》、いわゆる官僚さんだ。

鮫川くんは背が高い、というかかなりガタイがいいので、この部屋――獣医学部野生動物学研究室の手狭な部屋に彼がいると、ずいぶんと窮屈に感じる。

それにしても、一体、いつの間に来たんだろう。ひとりで作業していたはずなのになぁ。

「鮫川くん、相変わらず神出鬼没だね」

「……気が付かないのはアサヒさんくらいです」

クールビズなのか、シャツにスラックス姿の鮫川くんはじっと私を見つめた。あまり目つきはよろしくないのに、やたらと整った顔立ち。

そのまっすぐな視線は、どこか野良ネコを彷彿《ほうふつ》とさせて嫌いじゃない。

「若松《わかまつ》教授はどちらに」

ふと聞かれて、私は顔を上げる。

「ああ、会議だよ」

そうですか、と鮫川くんが小さく息を吐いた。

部屋の中がシンとする。こおお、と古いエアコンが冷気を吐き出す音だけが聞こえていた。

鮫川くんは持っていた書類に目を落としている。

――鮫川くんとは学部は違ったものの、院生時代からの知り合いだ。私のほうが四年先輩。留年していたわけではない。獣医学部は六年制なのだ。

政経学部の彼と知り合ったのは、私が博士課程一年目のときだった。知り合ったというか、餌付《えづ》けしたというか、ちょっとしたことで懐かれてしまった。

とはいえ、彼が卒業したらきっと疎遠になるのだろうなと思っていた。博士課程修了後も研究員として大学に残った私とは違って、華がある人なのだ。質実剛健だけれど、存在しているだけで目が惹きつけられるというか。

でも、結局今も交流が続いている。鮫川くんの管轄に山林の害獣対策なんかが含まれるらしく、今年からうちの教授と共同研究が始まったのだ。若手官僚の彼は今日も今日とて使いっ走りにされているらしい。暑いのにご苦労様なことだ。

「さっきの」

沈黙の中、鮫川くんがぽつりと言った。

「さっきの――セミがどうのこうの、は何だったんですか？」

「あれ？　現実逃避」

「現実逃避？」

そう、と私は頷く。

「論文が進まない上に英語で書かなくちゃいけないことに対する、猛烈な現実逃避」

私は軽く目を閉じ、十二月締め切りの論文について思いを馳せた。宇宙ネコになりそう。

「そうでしたか」

興味があるんだか、ないんだか分からない口調で、鮫川くんは相槌《あいづち》を打つ。もしかしたら暇なのかもしれない。ならついでにグチに付き合ってもらおう、と私は続けた。

「メガネザルの繁殖に関する論文なんだけど……鮫川くんは、気持ちが分かる？　繁殖したいメガネザルの気持ちが」

「……は」

珍しく鮫川くんは一瞬目を丸くしたけれど、またすぐにポーカーフェイスに戻って、「それはどういった意図ですか」と淡々と聞いてくる。

「要は性衝動を感じたことがある？　恋愛感情を伴う」

「……まぁ、あるんじゃないですか」

なんだかぶっきらぼうに言われた。

まぁあるだろうな、と私は思う。鮫川くん、背も高いし顔もいい。言い寄る女性も多いだろうから、選《よ》り取り見取りなんだろう。私とは違う。

そっと、かけている眼鏡に触れた。

『いや、恋愛対象じゃないよ。あんな地味メガネザル』

脳内に「彼」の声が響く。

恋をすることを諦めた中学二年生のあの日——私は男性の恋愛対象になり得ない、と知った。

私は「地味メガネザル」なのだから。

そんな自分の名前に「姫」が入ってるのも嫌だ。亜沙姫《あさひ》——私みたいな「地味メガネザル」に「姫」はどう考えたって、似合わない。

……それはいい。過ぎたことだ。名前なんか。

なのに、一瞬だけ「妃」の字を名に持ち、それに恥じない……それどころか飄々《ひょうひょう》と超えていく蝶のように美しく華やかな姉のことを思い出した。動悸がしそうになったけれど、なんとかすぐにかき消す。

「……私には性衝動が分からない。きっとそれは恋をしたことがないから」

鮫川くんは何も言わず、正直に心中を吐露する私を見ている。それにしたって、私みたいな「地味メガネザル」が恋だのなんだの言っていたら、滑稽《こっけい》だろうか。自分でも少し笑ってしまいながら、さらに続ける。

「だから、私みたいな人間には本質的に理解できないのかもしれない。他の生き物に関しても」

ヒトと他の動物は違う。それは前提なんだけれど、共通部分はあるのだ。たとえば、イルカだって繁殖目的以外でセックスをする、とか。

「……恋愛経験の有無は、そこに関係がありますか？」

「ないかなぁ。ないのかなぁ」

論文が進まないのは、単なる実力不足なのだろうか？　それはそれでヘコむ。

「誰かと寝たら、分かるかな。せめて繁殖行動の真似事でもすれば、少しは――」

そう漏らした瞬間、がっと肩を掴《つか》まれた。

いつの間にか、鮫川くんが目の前に立っていた。首を傾げた私を、鮫川くんは凶悪な顔面で睨《にら》んでくる。

「アサヒさん、そんなことのために貞操を犠牲にするのはいかがなものかと」

「そんなこと？」

ちょっとだけカチンときた私は、鮫川くんの手を振り解く。

「あなたにとっては〝そんなこと〟かもしれないけれど、私にとってはとても大事なことなの」

そう言うと、鮫川くんは精悍《せいかん》な双眸《そうぼう》をこれでもかというほどにまん丸にしていた。そうしてどこか呆然と、私を見つめている。なんだかその視線に耐え切れなくて、そっと目線を逸らした。

「……アサヒさん」

「なぁに」

「その、それを、……するとしたら、誰と」

「誰と？」

私は何度か瞬《まばた》きをして、考える。

「誰と……って、別に、私なんかとセックスしてくれる奇特な男性なら、誰でも……できれば後腐れがないほうがいいけれど」

そもそも、私と「したい」男性が果たしているかどうか——と呟《つぶや》くと、鮫川くんがしゃがみ込む。

「どうしたの？」

「アサヒさん」

私を覗き込む、まっすぐな視線が痛い。

逸らしたいのに、逸らせない。ただ、見つめ合う。

「俺と結婚、しませんか」

窓の外ではセミがかしましい。

鼓膜が破れたのかなぁとセミの合唱を聴きながら、私は今の鮫川くんの台詞《せりふ》を反芻《はんすう》する。

そういえば――なんでセミは鳴くんだっけ、と考えてすぐに思い出す。

そう、彼らは求愛のために鳴くのだった。

いのちを燃やして、鳴くのだった。


夜になって、大学まで鮫川くんが迎えにきた。さあさあと夏の雨が降っていて、外はアスファルトの匂いがした。

「遅くなりました」

「ううん、大丈夫」

どうせいつもこれくらいの時間に帰るの、と言うと、彼はほんの少しだけ眉間を寄せた。

「もう二十二時前ですよ。体調を崩したりはしないんですか」

「おかげさまで」

私は傘を開く。なんの飾り気もないビニール傘だ。私の横に並ぶ鮫川くんは、黒くて大きな傘をさしている。

「鮫川くんこそ、いつもこんな時間？」

「そうですね、日によりますが」

淡々と彼は答える。その口調には何の熱も感じられなくて、はて私は本当にこの人にプロポーズされたのだろうか、と小首を傾げた。

「答えは出してもらえましたか、アサヒさん」

その言葉で、どうやらされていたらしい、と改めて驚く。

「……むり。だってわけが分からないもの。鮫川くんに何のメリットがあるの？」

私の質問に、鮫川くんは特に表情を変えなかった。ただ小さく頷いて、「見てもらったほうが早いかもしれません」と答える。

「ついてきてください」

踵《きびす》を返した鮫川くんの広い背中に、おとなしくついていく。置いていかれないよう早足になった私に、鮫川くんは気が付いたように振り返って、それから歩くペースを落としてくれた。

鮫川くんが私を連れていったのは、大学からほど近い小さな古い日本家屋だった。庭が広くて、車庫には中古と思われる、少しレトロな外国車が一台停めてある。

「ここは……？」

「俺の家です」

「へえ。ご実家？」

「一人暮らしです」

親戚に借りているのだと続けて、彼は鍵を取り出した。

「大学の近くだったんだ」

しかも、理系のキャンパスの。鮫川くんは曖昧《あいまい》に「ええ」と答え、玄関の扉をカラカラと開いた。

今時珍しい、ガラスの引き違い戸だ。模様ガラスがなんだかレトロ。

私は傘を閉じて、傘立てに入れる。

「どうぞ。散らかっていますが」

「おじゃまします」

遠慮なく上がらせてもらった玄関からは、廊下の先が暗くて見通せない。思ったより大きな家なのかもしれない。鮫川くんが電気をつけて奥に進むと、私も続いた。

「座っていてください」

通されたのは、リビング……的な空間だった。居間と言ったほうがしっくりくるか。畳敷きのそこには、座卓と座布団と小さなテレビがあるだけだ。散らかってるって、これで？

「アサヒさん、魚は好きですか」

グラスに麦茶を入れてくれた鮫川くんが、戻ってきて言う。

「どっち？」

「どっちとは」

私の質問に、表情も動かさずに鮫川くんは問い返してきた。

「えっとね、飼うのか観察するのか」

「食べる方です」

「ああ、そっちも好きだよ」

「では夕食も食べていってください。帰りは送ります」

頷きながら、はたと思い出して慌てて彼の腕を掴《つか》んだ。

「ま、待って。まずは、結婚の提案してきた理由を教えてよ」

「……そうでした」

そう言って鮫川くんはスタスタ歩いて、障子を開けた。室内灯に照らされた庭が、濡れ縁《えん》に面した掃き出し窓から見える。しとしとと雨に濡れた小さな庭だった。いや、庭というか、これは。

「……畑？」

「家庭菜園です」

鮫川くんは、ストン、と私の向かいに座る。

「意外かもしれませんが、農水省はかなり出張が多いんです。国外を含め」

「へえ？」

「……野菜の世話をお願いできませんか」

「え？　いいけど」

答えながら思う。いいけど、いいけれども。

「……え、鮫川くん。ごめん、これが私と結婚したい理由？」

「はい」

「ばかなの……？」

私は割と本気でそう言った。バカなのだろうか、目の前のこの人は。

「本気です」

「だってそんなの、……鮫川くんが頼めば、喜んでお世話する女の子、きっとたくさんいるよ？」

すると鮫川くんはひと口、麦茶を飲んだ。からん、と氷が揺れる音が部屋に響いた。

「俺も後腐れがないほうがいいんです」

「……わー」

私とは違う「後腐れがないほうがいい」だ。モテる人から出るやつだ。

私も後腐れない人とセックスしたくて、鮫川くんは後腐れない人に家を任せたい。

なるほど？　いやまあ、納得はできないけれど、できないなりに考える。考えるけど、混乱している。合理的なの？　結婚の必要性はある？

「ねえ、それって――」

「アサヒさん」

鮫川くんは私の言葉を遮って、キッパリと言う。

「アサヒさんと〝後腐れなく〟セックスできるのは、世界で俺だけですよ」

「……鮫川くんだけ？」

思わず眉を寄せた。それはどういう意味なのだろう。

「そうです。他の人は後腐れますよ」

「あ、後腐れる？」

動詞にされてしまった。この単語って動詞になるんだっけ？

「どうしますか？　チャンスは今だけです」

「え」

「どうしますか」

鮫川くんはじっと私を見ている。まるで観察するかのように――

確かに私みたいな「地味メガネザル」とセックスしてくれる人なんて、滅多にいないだろうし――え？　でも、本当に受けていいの？

鮫川くんは静かに続ける。

「いいんですか、アサヒさん――動物たちの気持ちが分からなくて」

「そ、それは困る」

「なら、ほら」

鮫川くんがほんの少し、頬を緩《ゆる》めた。

それはどこか、勝利を確信したような、そんな微笑みだった。

「俺と結婚しちゃいましょう」


そうして――あの雨の日から約一週間。

『思い立ったが吉日ですから』とプロポーズの翌日、鮫川くんは私の実家に挨拶《あいさつ》に来てくれた。姉はフランス在住なのでいなかったけれど、両親は大歓迎。まあ、いい年の私を心配していたんだろうな。

そして今日は鮫川家にも挨拶《あいさつ》に伺《うかが》った。なんと彼は五人兄弟の四番目らしい。長男っぽかったから意外だなと思う。

その帰り道、鮫川くんはさも当然とばかりに言った。

『今日は大安です』

『はあ』

『というわけで、入籍もしてしまいましょう』

混乱しながらも押し切られ、私は婚姻届に判を押した。すでに彼は記入済みだった。しかも証人のひとりは私のお父さん。いつの間に根回ししていたのだろう。

鮫川くん、そんなに野菜が心配なんだろうか。いやまあ、大切に育てられてはいたけれど……これから台風シーズンだから、その前に私というお世話係を家に入れておきたかったのかもしれない。

「あの、でもね、鮫川くん」

私は、鮫川くんが運転する車の助手席から彼を見上げる。

「なんですか?」

「私が論文書き終わったら、どうするの? 〝契約〟にそんな文言はなかったよね?」

契約。つまるところ、私に持ちかけられたのは「契約結婚」というものだった。

鮫川くんは私に「色々な経験」を提供する。私は鮫川くんが不在の間、家の保持を担当する。ちなみに普段の家事は完全にイーブンだ。

あまりに私に都合のいい契約ではなかろうかと思ったけれど、鮫川くんは飄々《ひょうひょう》としたものだった。

「継続でいいじゃないですか。このまま研究員として大学に残るんですよね? 出産とかも経験したほうが、よりプラスなのでは」

「あー、確かに。出産！　それも大事。頭いいね、鮫川くん」

私は思い切り納得した。妊娠、出産、子育て。できればそれらも経験したい。

きっと鮫川くんは単純に子どもが欲しいのだろう。兄弟も多いし、にぎやかな家庭がいいのかもしれないな、とぼんやり考えた。

「……でも、可能なら妊娠は来年以降でいい？」

今年は無理だ。つわりに苦しみながらの論文執筆は、できれば避けたい。

「もちろんです。キャリアなどのタイミングを見て、また話し合いましょう」

「ありがと。でもヒトは妊娠しづらいからねー。どうなるかなぁ。ネコは交尾すればほぼ百パーセントだけど、ヒトはセックスしてもすぐ妊娠するとは……あれ、どうしたの、鮫川くん。頬、赤いよ？」

「……いえ」

運転しながら鮫川くんはぶっきらぼうに言った。私は首を傾げる。変な鮫川くん。

そうして唐突に新婚生活は始まった。家の保持担当としては早く現場入りしておきたいものの、さすがに入籍当日に引っ越しとはいかず、結局、同居が始まったのはさらにその翌週のことだった。

新居となる鮫川ハウスは水回りをリフォームしてあった。ふたりで座れるようにソファも買ってくれたらしい。

引っ越しで疲れた身体をさっそくお風呂で癒させてもらう。普段動物を相手にしているし、体力には自信があったのだけれど、途中へばってしまった。重いものは鮫川くんがほとんど担当してくれたというのに。

「ま、あの人若いからね」

呟《つぶや》きつつ、私は浴槽で足を伸ばす。

「はー……極楽……」

天井を見上げると、ぽつんと水滴が額《ひたい》に落ちてきて、つい「ひゃあ」と変な声を上げてしまった。

ちょっと目を瞬《またた》いたあと、なんだかすごく面白くなってきた。

「うふふふ、ふふ」

「……アサヒさん？」

脱衣所から鮫川くんの遠慮がちな声がする。

「なあにー」

「あ、いえ……悲鳴が聞こえたので」

もしかしてさっきの変な声か。

「心配してくれたの？　ごめんね、天井から水滴落ちてきて」

「……すみません、この家古くて」

「全然大丈夫！　ちょっとびっくりしただけだから」

お湯の中でガッツポーズをすれば、ぱしゃぱしゃと音が立つ。脱衣所で鮫川くんがみじろぎしたのが磨《す》りガラス越しに見えた。

「鮫川くん？」

「あ、いえ……、ごゆっくり」

そう言い置いて彼は脱衣所を出ていく。小さなことで心配かけてしまって申し訳ないなあ。

お風呂を出て居間に戻ると、鮫川くんはソファに座り、じっとテレビを凝視していた。かなり面白いバラエティー番組だと思うのに、表情筋が一切動かない。

「……鮫川くん、面白いって感情ある？」

「なんですか、藪《やぶ》から棒に……ありますよ」

失礼な、と言う鮫川くんの視線はちっともこっちを向かない。そんな鮫川くんを不思議に思いつつ、「お風呂どうぞ～」と声をかける。

「……はい」

やけに重苦しい声を出しつつ、鮫川くんはお風呂に向かって歩いていく。どうしたんだろう、実は引っ越し作業で疲れたのかな。

「……ま、いっか」

私は呟《つぶや》き、自分の荷物からドライヤーを取り出し、ソファに座って髪を乾かし始め……そうして気が付いた。鮫川くん、もしやこれにびっくりしたのでは。

私は目線を下に向けた。そこにはふたつの膨らみがある。いわゆる乳房、有胎盤類であるヒトが乳児に対して母乳を与える際に使用される哺乳器であって……まあ私の場合はほぼ脂肪だ。名前よりもコンプレックスであるこの外性器を、私は胸を小さく見せることのできるブラジャーで誤魔化していた。男女問わず視線が胸に向くのが嫌だった。中学のときだって、これでどれだけ嫌な思いをしたか。

さすがに夜は息苦しいので、楽ちんなナイトブラにしていたのだけれど。つまり鮫川くんからすれば、新妻の……新妻なんて言っていいのか分からないけれど、契約上とはいえパートナーに選んだ人間の胸がいきなり大きくなったのだ。そりゃびっくりするよね。

「……でもなんか、嫌な視線じゃなかったな」

びっくりはしていたようだけれど、よっしゃこいつ胸でけえラッキー！　みたいな雰囲気はなかった。……って、鮫川くんはそんな人じゃないか。

とりあえず折を見て説明しよう、とドライヤーを止めたところで、鮫川くんが居間に戻ってくる。黒いＴシャツに涼しげな素材のランニングパンツ姿。かなりラフな格好なのに、やけにかっこいいのは素材のよさゆえだろう。

「ええ、鮫川くんってばカラスの行水」

実際のカラスは、鳥類にしては長時間水浴びをするほうではあるんだけれど。

「そうですか？」

「うん。じゃあそこ座って。髪の毛乾かしてあげる」

「……は」

私の言葉に、鮫川くんは鳩が豆鉄砲を食ったような顔をする。結局鮫なのかカラスなのか鳩なのかは、まあどうでもいい。鮫川くんを手招きし、私の前のラグに座るように言った。

「ほら、髪、濡れてるから。夏だからって舐めてると風邪ひくよ」

問答無用で大きい手を掴《つか》んで座らせ、私はドライヤーのスイッチを入れた。ドライヤーの熱風を手に浴びつつ、鮫川くんの髪を梳《す》く。

「髪質いいね、ハゲなそう」

ドライヤーの音に負けないようにちょっと大きな声で言えば、鮫川くんが苦笑する。

「……今のところ、父親にも兄弟たちにもその兆《きざ》しはないですね」

そう答えつつ、鮫川くんは気持ちよさそうに息を吐いた。分かる、人に髪を乾かされるのって気持ちいいよね。

私はふと、昔から思っていたことを伝えたくなった。

「私ね、鮫川くんのこと——ずっと」

そこまで言うと、鮫川くんの広い背中がぴくっと動いた。痛かったかな、と髪の毛を乾かす指から少しだけ力を抜く。

「ずっと、ネコみたいだなって思ってた」

「……ネコ?」

鮫川くんがやや掠《かす》れた声で聞き返す。私はうん、と頷いた。

「野良ネコみたいな——野良ネコに、懐かれたような」

そう伝えたとたん、鮫川くんがくるりと振り向いた。どうしてか、彼はとても苦しそうにしていた。ずっと何かを我慢していた、その糸がぷつんと切れてしまったかのような、そんな表情。

「え、と……どうしたの、鮫川くん。髪の毛乾かせないよ」

「アサヒさん」

鮫川くんは切ない声で呼ぶなり私の手を取り、ドライヤーのスイッチを切る。そうして、目を丸くしている私を抱き寄せた。

「わ!?」

「俺は、ネコではありません」

そう言って鮫川くんは、私の唇に自分の唇を押し付けた。

一瞬ぽかんとして、それから頭が真っ白になった。あれ、これ、キスされてる?

鮫川くんはそんな私に構わず、私の唇をむにむにと食《は》む。まるで感触を確かめるかのような、啄《ついば》むようなキス。

――キスって、こんな感じなんだ。

私は不思議な心地よさに目を細める。ぼやけた視界いっぱいに、鮫川くんの端整なかんばせがある。それにしたって、一体なぜ急にキスなんて……と、ぼうっとしている間に、ちゅ、となんだかいかがわしいリップ音がして――それから、ぬるり、と鮫川くんの舌が口内に入り込んできた。

「……っ!」

びっくりして、咄嗟《とっさ》に鮫川くんのTシャツの肩口を掴《つか》んだ。それが、結果的に彼を引き寄せる形になってしまう。鮫川くんの大きくて硬い手のひらが、私の後頭部を支えるようにガッチリ固定した。

もう私の口の中は、彼にされるがままになる。

「んっ、ふぁっ、さめかわ、くん」

なんとか名前を呼んだその舌を、鮫川くんに甘噛みされて、私は息を呑む。背中に電気が走ったみたいで、思わず腰を揺らした。はあ、と鮫川くんが低く掠《かす》れた息を吐いて、もう一度舌先を絡めてくる。

「んん……っ」

鮫川くんのTシャツを、さらにぎゅうっと握る。

知らない感覚に頭がふわふわして——でも、おそらく自分が……欲情しているのだと気が付いた。こんな簡単に？　と自分でも驚く。思っていたより、私は快楽に弱い人間だったのだろうか？

ゆっくりと、彼が唇を離す。私はおずおずと目の前の鮫川くんを見つめた。ぎらぎらした目をしている鮫川くんに、お腹の奥がきゅんと切なくなる。

いつも冷静な彼が、明確に情欲を抱いた「雄《オス》」の目をしている。身体の切なさが増して、思わず息を吐いた。

鮫川くんは大騒ぎしているテレビを消し、無言で私を抱き上げた。そうしてほんの少しだけ頬を緩《ゆる》める。

「軽いですね」

「……そうかなぁ」

お姫様みたいに抱き上げられたけれど、残念ながら私はお姫様ではない。名前に姫は入ってるけれど……ああ、本当に似合わない。

鮫川くんは、私をこの家で唯一の洋間である寝室に運び込む。何をするかくらい、経験のない私にだって分かる……というか、このために結婚してもらったのだから。鮫川くんはどうやらさっそく契約内容を履行してくれるらしい。真面目な人だなあ。

「いいですか」と掠《かす》れた、囁《ささや》くような声で聞かれて、私は迷わずこくりと頷く。

ばちんと電気をつけて、ダブルベッドにぽすんと横たえられた。

このベッドは、別に「新婚さん」だから買ったわけじゃない。最初から鮫川くんはこのベッドを使っていたらしい。単純に考えれば、身体が大きいから。でも、もしかしたら――ここで誰かと、暮らしていたから？

不意に胸のどこかが小さく痛んで、でもなぜか理由が分からなくて私は首を傾げた。

「どうしました？」

いつの間にかTシャツを脱ぎ捨てた鮫川くんが、ベッドに上がっていた。変わらずぎらぎらした視線に、私は少したじろいだ。この人、本当に私相手に欲情できるんだ。

私なんか、地味メガネザルなのに。

「なんでもない」

答えながら、鮫川くんの上半身をまじまじと見つめた。

「腹直筋もだけれど、外腹斜筋がよく発達してるね」

「……それは、褒め言葉ですか？」

「そうだよ」

ありがとうございます、と鮫川くんは少し読めない表情でそう答えた。まぁ全体的にガッチリしているのだけれど、大胸筋と上腕二頭筋もなかなか。……と、彼の身体を観察していると、あることに気が付いてぎょっとした。

「鮫川くん！」

「なんですか」

「大きくなってるよ！」

「なりますよ、それは」

どこか呆れたように返される。

鮫川くんのアレが怒張して、部屋着のズボンを押し上げている。動物のなら単語を言うのも恥ずかしくないのに、鮫川くん相手だと照れてしまうのはなぜだろう。

「なるの？　私だよ？」

「……アサヒさんだからですよ」

鮫川くんは寝転がっている私の上にのしかかる。……少しだけ、危機を感じた。

「ねえ鮫川くん、一応申告しておくと……私、処女なんです。できればお手柔らかにお願いしたいんだけど」

「奇遇ですね、俺は童貞です」

「えっ」

思わず鮫川くんを見つめた。童貞？　童貞!?

「なんで⁉」

「なんでとは」

「女の子なんか選《よ》り取り見取りでしょうに！」

「……そんなことはないですが」

鮫川くんはふうっとため息をついて続ける。

「ずっと好きな人がいたんです」

好きな人？　それなのに、私と結婚なんかしてよかったの？

――なんて聞く前に、眼鏡を外されてしまう。

微《かす》かにぼやけた視界に戸惑う間に、唇を塞《ふさ》がれた。

「……んぁっ」

変な声が漏れちゃったのは、仕方ないと思う。突然、鮫川くんが私の乳房に触れたから。

再び口の中を蹂躪《じゅうりん》されながら、同時にやわやわと胸を揉まれる。

混乱しながらもなんとか息をするけれど、ただされるがままだった。ほ、本当に鮫川くんも初めてなの？　慣れというか、雄《オス》としての自信に溢れているというか……

「ん、んっ」

舌を優しく噛まれ、口蓋《こうがい》を舐め上げられ、反射的に声が上ずった。さすがに恥ずかしくなる。なんなの、この媚《こ》びるような高い声は――！

鮫川くんがごくっと唾を呑んだのが分かった。そうしてやっと唇が離れたかと思ったら、少し乱暴な手つきでTシャツを脱がされる。

「ひゃあ」

私は思わず胸を押さえた。

「……っ、すみません」

鮫川くんの少し狼狽《ろうばい》した声。眼鏡がないから、表情はぼやけて見えるけれど――なるほど、多分……本当に慣れていないんだろうな。

私が大丈夫と頷くと、彼が安心したように額《ひたい》にキスをしてきたので、目を瞬《またた》く。

だってその仕草が、あまりに甘かったから。

まるで、大切にされている「女の子」みたいだったから――

「……大切に、しますから」

どこか許しを乞うような響きで、鮫川くんはそう言うと、丁寧な手つきでナイトブラを外し、私の肌に直接触れた。

「っ、あ！」

与えられた刺激に、身体が勝手に強張《こわば》る。触れたところに神経が集まったみたいだ。

鮫川くんは小さく息を呑んで、それから乳房の先端に優しく触れる。

本当に優しくしてくれたのに――刺激があまりに強すぎて、私の喉から勝手に声が溢れた。

「ああっ」

羞恥《しゅうち》で泣きそうになる。

私、そんな——こんな予定じゃなかったのに。さくっと経験して、なんらかの知見を得られれば、それで……！

「可愛い」

鮫川くんが呟《つぶや》いて、それから指で転がしていた先端を口に含む。

「やあっ、あっ、あ……！」

あったかくて柔らかな、鮫川くんの口の中。舌で転がされ、突かれ、押されて、甘噛みされて、恥ずかしいのに勝手に腰が動く。分泌液が溢れているのが分かって頬が熱くなる。

鮫川くんの硬くなったそれが、ぐいっと腰に押しつけられ、息を呑んだ。

そんな私を見下ろし、鮫川くんが掠《かす》れた声で言う。

「アサヒさんが俺で感じてくれているの、めちゃくちゃ嬉しいです」

ぽろりと零れた言葉に、さらに頬に熱が集まった。

鮫川くんの指が、輪郭を縁取るように私の身体を滑っていく。太ももにたどり着いたその手が、ゆるゆると内股を撫で上げる。ぞわぞわと、くすぐったさによく似た快感が腰でもったりと熱を持った。

「っ、あの、ねっ、鮫川くんっ」

鮫川くんは、私の太ももを撫でながら言葉を待ってくれているようだ。私はこくっと唾を呑み込み、続ける。

「ひ、ヒトがオーガズムを感じるのはっ、元々人類の祖先が、オーガズムを、っ、感じることによって排卵していたって、あんっ、考えられて、いて……っ」

「そうなんですか？」

「そ、うなのっ。現代では、っ、違うけどっ、だから、だからっ」

するり、とショートパンツごと下着も脱がされる。股間が冷たくて、もうすっかり濡れていたんだと否が応でも自覚させられた。

「私がこうなっているのはっ、生理的なことによってであって……っ、決して私がふしだらなわけ、では……！」

「なるほど、よく分かりました」

鮫川くんの無骨な指が、くちゅりと音を立てて濡れた入り口を撫でる。

「ひゃぁんっ！」

「アサヒさんがこうなっているのは──仕方のないことだと」

「そ、そう」

そうなのです。と返事をしようとしたとき、鮫川くんの指がそのまま少し上に移動し、陰核に触れた。

「っ、ぁああっ⁉」

びりびりする、今まで感じたことのない快感に、私の腰が勝手に浮いた。

「ん、んっ、やぁっ、だめっ、鮫川くんっ、だめっ、そこっ、だめなの……っ」

ぐにぐにと皮を被ったままの陰核を弄《いじ》られる。これだって、進化の過程で備わったもので、私がこうなっているのは決して、決して私がイヤらしいわけではなくて――！

「っ、ぁあっ、やぁっ、あっ、あ……！」

私はこれ以上話すことができなくて、ぶんぶんと首を振る。髪の毛がシーツに擦《こす》れて音が立った。

「ダメ、ですか。でも、アサヒさんの腰、勝手に動いてますよ」

「んぁっ、い、言わないでぇ……」

鮫川くんは楽しそうだった。はっきり見えなくても分かるくらいに、楽しそう！

「鮫川くんはっ、女性を苛《いじ》めて、楽しむ癖が、ぁあっ、あるのっ⁉」

「分かりません。アサヒさんが初めての女性ですから」

「うそっ、絶対、嘘……っ！」

私は限界を感じて、シーツを思い切り握りしめる。爪先《つまさき》がきゅっと丸まる。

「ぁあ……っ！」

腰から電気が走るみたいだった。直後、身体から力が抜ける。

「気持ちよかったですか？」

鮫川くんの言葉に何も答えられず、ただ浅い息を繰り返した。

「アサヒ、さん」

「……なあ、に？」

「指を、挿《い》れても……いいでしょうか」

鮫川くんの言葉に、私はゆるゆると頷く。なんで急にそこだけ許可を求めるのだろう。キスだって急だったし、触るのも急だったくせに。なんだか少しおかしくなって、思わず口角を緩《ゆる》めた。でも、つぷ、と入ってくる鮫川くんの指と小さな違和感に、その笑顔は引っ込んでしまう。

「……んっ」

「っ、痛い、ですか？」

本気で心配している声だった。私は大丈夫だと言うように、小さく首を横に振る。

「思ってたよりは、いたく、ない」

「よかった」

鮫川くんが、安心したような声音で言った。

大切にしますから――鮫川くんの言葉が、なぜだか頭の中に響いてきて、ストンと胸に落ちる。は、と胸をつく感覚……これ、なんだろう。でも、その疑問はすぐに蒸気みたいに霧散した。鮫川くんが指で充血した粘膜を優しく押し上げ、そしてくちゅくちゅと円を描くように動かしたからだ。声を上げて反応してしまった自分が、すごく恥ずかしい……！

慣れてきたところで、ナカの指が増やされる。優しい気配に、私はそっと息を吐く。きっと嫌だと言えば、彼はいつでもやめてくれる。そう思っているから、私は彼に身体を任せられるのだろう。

――私って鮫川くんのこと、かなり信用してるんだな。

そう思うと、痛みが少し減った気がした。鮫川くんは私の反応を見ながら指を動かす。そのたびに淫《みだ》らな音が生まれた。

そうやってゆっくりゆっくり馴染ませてくれたのに、彼の太い指三本を呑み込んだときはさすがに小さく呻《うめ》いた。

「……大丈夫ですか」

「ご、ごめんね？」

「俺は、全く。ただ……あなたが辛いのは嫌だ」

そう言って鮫川くんは眦《まなじり》に唇を落とす。肋骨《ろっこつ》の奥がほかほかした。なんだろう、切なさにも似た温かな感情だ。さっきから不思議でたまらない。

慈《いつく》しむような優しいキスを顔中に落とされる。額《ひたい》にも、頬にも。そうされるとお腹の切なさが増して、ナカの肉厚な粘膜がきゅうっと収縮した。

さっきから私の内で暴れる感情の意味が理解できない。

「アサヒさん。もし、大丈夫そうなら……挿《い》れてもいい、ですか」

そう言われ、やや霞がかり始めた意識を彼に向ける。強く寄った眉と、激しい熱情を孕《はら》む野性的な視線に胸がざわめいた。私は、彼にこんなふうに性的な視線を向けられることが嬉しいみたいだ。

いいよ、と言いかけたとたん、頭の中で理性がぴかっと閃《ひらめ》いた。

「わ、ちょっと待って」

眼鏡なしだとよく見えないため、起き上がってシーツに手をついた。とろり、と粘性のある水分が自分の入り口から零れたのが恥ずかしい。恥ずかしいけれど、それよりも確認したいことが。

「途中でごめんね。でも、ヒトのこれ、見るの初めてで、ちょっと気になって」

「……ヒトの」

「うん。動物のはあるけど。イヌとかウマとか」

「ウマ……と比べられるのはちょっと」

複雑な表情を浮かべる鮫川くんに、私は首を傾げる。クジラのも見たことがあるけれど、黙っていた方がよさそうだ。

「これはヒト属の雄《オス》としては大きい？　……よね」

聞いておいて、自分で結論を出してしまった。だって明らかに大きいんだもの。

屹立した昂《たかぶ》りは、肉ばった赤黒い先端から液体が溢れ出していた。幹には血管と裏筋が浮き出て、とても硬そう。触ってみたいな。だめかな、とちらっと彼を見上げると、軽くぼやけた視界の中でも彼が困った顔をしているのが分かった。

「……そこそこに、……大きいほうではないか、と」

やっぱりね。彼のことだから、妙な見栄なんかは張らないだろう。さすがにサイズを測るのはやりすぎだろうと諦めた私は、ふうん、と頷いた。

「霊長類ではヒトのものが一番大きいのよね。つまり鮫川くんのは、霊長類としてもかなり……待って、これ、入る？」

私、これをナカに挿《い》れるの？　いける？　まあナカは伸縮するからいいとして、問題は入り口だ。出産時の会陰《えいん》切開みたいにならない？

さらにまじまじと鮫川くんのそれを観察した。まあ、ヒト出生時の平均頭囲よりは遥かに小さいし、きっと大丈夫だからみんなこんな行為をしているのだ。微《かす》かに鼻息が当たってしまったためか、ぴくっと屹立が反応した。やっぱり気になる。

「あの、嫌でなければなんだけど……触っていい？」

「……お好きに」

「ありがとう！」

私はさっそくそれに触れる。ちょっとしっとりしていた。指先で先端をつつくと、想像していたよりも柔らかい。でも幹は思っていたより硬い。海綿体に血液が流入しているのだ。裏筋を撫でると、大げさなくらい鮫川くんが反応した。気持ちいいのかな。

そう考えると、妙にどきどきした。さらに反応を確かめたくて、指先で優しくそこを撫でる。ちょっとざらついた感触だ。見上げた先で鮫川くんの喉仏が上下したのが、視力の悪い私にでも分かった。そうして彼は、やや凶悪な視線を私に向ける。

「アサヒさんは——男を煽《あお》るのが上手ですね」

上手？　ぽかんとしている間に、ベッドに押し倒されてしまう。鮫川くんは、ベッドサイドの棚からコンドームの箱を取り出した。経験はないとのことなので、万が一に備えて用意していたか、私のために購入してくれたのだろうけれど……

「それ、つけなくていいよ。ピル飲んでるから」

鮫川くんがぴたっと止まって私を見る。あ、誤解させたかな？　男性は〝ピル〟イコール〝避妊〟と思っている節があるし。

「あのね、私、生理が重くて。ピルって生理痛がずいぶん楽になるんだ。泊まりがけのフィールドワークの予定も立てやすいし」

「そうでしたか。ただ、アサヒさん」

「なぁに？」

「もっと自分を大切にしてください」

「鮫川くん？」

真剣な声にたじろぐ。私は何か言葉を、選択肢を間違えたらしい。鮫川くんは初めてで、病気を持っているような人ではなさそうだし、私も同じだから避妊はピルだけで十分だと判断したのだけれど……とにかく、鮫川くんは怒っていた。

「自分を大事にすると約束してください。それから、あなたはもう俺の妻なので、俺以外とはセックスできません。死ぬまで。一生」

「うん、それはもちろん……そのつもりだけれど」

コンドームの話から、どうしてそこに話が飛ぶのだろう？

鮫川くんはふう、と息を吐いて、首を傾げた私の頭にキスを落とす。優しい、泣きたくなるようなキスだ。きゅ、と肋骨《ろっこつ》の奥にある心臓が切なくなる。眉を下げ彼を見上げると、ふっと彼は眉間を緩《ゆる》めた。

「怒っているわけではないですよ」

そう言って裏表を確認して、コンドームをつける。

「……私とは、直接的な粘膜の接触したくないの？」

鮫川くんは自分のそれにラテックスをくるくると巻き下ろしながら、呟《つぶや》くように言う。

「どうしてそうなるんです。俺だってとてもしたいです、したいですが」

えっ、「とてもしたい」の？

「けれど、俺は——言いましたよね。あなたを大切にしたいんです」

鮫川くんは私の膝裏を押し上げて、大きく足を開かせた。わああ！　と叫びたくなるのをぐっと堪《こら》える。知識としては知っていたけれど、この格好は……っ。

「……ちょっと、その、恥ずかしい、ね？」

分かってる。こういうポーズがヒトのセックスでは通常の体位なんだって……でも、恥ずかしいものは恥ずかしい。両手で顔を覆うと、鮫川くんがぴたっと動きを止めた。まじまじと私を見つめているのが分かる。手の隙間からそっと鮫川くんを見ると、なんとなくしか表情が分からない視界で、鮫川くんはどこまでもぎらついた雄《オス》の顔をしていた。

きゅうう、とナカが蠢《うごめ》く。彼が欲しいと涎《よだれ》を垂らしている。

私も結局は、ただの生き物なのだなとぼんやり思った。繁殖したい、孕《はら》みたい、生物としてごく自然な本能。そのために存在する性欲という欲求。

「アサヒさん。痛かったら言ってください」

微《かす》かに掠《かす》れた声とともに宛《あて》がわれた昂《たかぶ》りが、みちみちとナカに入り込んできて、思わず息を詰めた。大きくて硬い質量が、私の奥を目指して進んできている。

「大丈夫ですか」

真剣な声が落ちてきた。私は顔から手を離し、ぼやけた先で心配そうに寄った眉を見て、思わず頬を緩《ゆる》めた。優しくて理性的な人だな、本当に……。多くの種の雄《オス》は雌《メス》の痛みになんか配慮しないのに。噛み付き、腰を振り、自分の遺伝子を残すことに執心するだけだ。

「ごめん、ね」

謝る声が思ったよりも細くてびっくりした。ナカに半分ほど進んだ屹立がほんのわずか、ぴくっと動く。ああ本当は彼だって奥まで挿《い》れて思い切り快楽を貪《むさぼ》りたいのだ。

「その、ヒトって、ほら、処女膜、あるから……ちょっと痛いみたい」

申し訳なくなって、少し早口で言い訳を口にした私を、鮫川くんは目を細めて見つめる。頬をそっと撫でてきた手に、肋骨《ろっこつ》の奥がほわりと温まる。彼の慈《いつく》しみに触れるたびに、どうしてだろう、左胸がきゅんと痛い。

「痛いなら、やめましょう」

「っ、ううん！　しよ。こういうのは思い切りが大事だし」

「ですが――」

「お願い……っあっ、いっ、た……」

私は腰を上げ、自分から奥に進めようとしてズンとくる痛みにきゅっとシーツを握った。入り口も痛い。かなり解《ほぐ》してくれたけれど、指とは全く違う。

「アサヒさんっ」

慌てたように彼は私を呼び、それからぐっと腰を掴《つか》む。

「一気に奥まで挿《い》れていいですか？　そのほうが楽かもしれません」

彼の提案に頷きながら、内心でほんのちょっと笑ってしまった。だって私たち、お互いいい年なのに初めて同士で、こんな手探りでセックスしてるなんて。

「アサヒさん？」

「ふふ、なんでも……いいよ、来て」

私が鮫川くんに向かって手を伸ばすと、ぐっと彼が強く息を呑んだ。そうして荒く息を吐き出しながら、硬くて太い熱で一気に最奥まで貫《つらぬ》いてきた。圧迫してくる質量で、一番奥が押し上げられる。痛みだけじゃない、確かな甘さが身体の奥を悦《よろこ》ばせる。

「はぁ、……っ」

鮫川くんにしがみつきながら、痛みとも喘《あえ》ぎともつかない声を出してしまう。すると、鮫川くんは私の頭をわしゃわしゃと撫でた。汗ばんだ額《ひたい》から前髪をかき上げ、そこに唇を落としてくれる。

「頑張ってくれてありがとうございます。全部入りました」

「よかったぁ……」

「すみません。俺ばかり気持ちよくて」

すまなそうに言う鮫川くんに、私は目を瞬《またた》き、それから微笑んだ。

「私もね、さっき同じこと考えてたよ」

「同じこと？」

「指でしてくれてるとき、私ばっかり気持ちいいなって……だから、鮫川くんが気持ちよくなってくれて嬉しい」

「アサヒさん……」

「だから今度は、鮫川くんの、気持ちいいように、して……」

言い終わるや否や、鮫川くんはゆっくりと腰を動かす。するっ、と屹立が蕩けた粘膜を擦って動く。

「ん、ふ、ぁっ、ぁ」

我慢できなくて声が漏れてしまう。自分のナカに誰かがいて、意思を持って動いているという状況。私を見下ろす鮫川くんが「はあ」と荒く息を吐き出し、私の頭の横に肘をついた。そうして頬ずりをされて、私は自分の中でぽかぽかと膨らむ不思議な感情に動かされるように彼に頬ずりし返す。鮫川くんが息を呑んだあと、マジか、と掠《かす》れた声で呟《つぶや》いた。

「えっ、変なことした……？」

「まさか。逆ですよ」

「っ、鮫川、くん、っ、おっきくしないで……っ」

「無理です。気持ちよすぎて」

鮫川くんがさらに息を大きく吐き出す。身体が密着しているから、呼吸とかお腹の筋肉の動きとか、そういったものまでまざまざと伝わってくる。お互いのしっとりした汗が肌の上で混ざり合う。

鮫川くんが何度か腰を動かすたびに、ぱちゅぱちゅとぬるついた水音が響いた。やがて彼の息が荒々しさを増していく。そうして、触れるだけのキスを繰り返しながら呟《つぶや》いた。

「アサヒさん、すみません。俺……もう、イき、ます」

切羽詰まった声に、私はこくこくと頷く。

質量を増し動く彼のものに、私の肉襞が微《かす》かに痙攣《けいれん》しつつ吸い付けば、余計に彼の動きが激しくなる。濡れそぼったお互いの下生えが擦れ合う。肉ばった先端が蕩けた肉襞ひとつひとつをひっかいて擦り上げ、痛みと快楽の狭間で揺さぶられる。頭の中もシェイクされていくみたいだ。

「はあ、ああっ、鮫川くん……っ」

もうめちゃくちゃだった。気持ちいい、痛い、やめてほしい、違う、もっとしてほしい。もっともっと乱暴に打ち付けてほしい。そして、ここに――お腹に、全部出してほしい。欲しい、ちょうだい、出して。生物としての本能で頭がぐちゃぐちゃになる。

自分の腰が勝手に上がり、彼のものを奥まで呑み込もうと必死だった。

「っ、もう、少し、だけ……我慢してください……」

「んっ、はぁっ、ぁっ、ぁ」

熱を打ち付けられるたび、重くて甘い快楽が、最奥で生まれる。ナカが、きゅうと収縮する。

「……っ」

昂《たかぶ》りがどくどくと、コンドームの薄いラテックス越しに欲を吐き出しているのが分かる。

私で気持ちよくなってくれた。それがやけに誇らしくて。

そうして、ぎゅうっと抱きしめてくる彼の熱を感じた私は、ようやく気付く。

「鮫川、くん……」

広い背中に手を回して呟《つぶや》くと、耳元ではあはあと彼が荒く息をしている。

どうしよう、どうしよう。慈《いつく》しまれるたびにきゅんとした理由が分かってしまった。

——私、鮫川くんのことが好きなんだ。

自然に、ストン、と納得するみたいにその答えは降ってきた。セックスしたからだろうかと考えて、すぐに否定する。私は……なんて汚いんだろう。私は最初から鮫川くんと、鮫川くんだけと「こう」なりたくて、彼にあんな話をしたんだ。

なんて——なんてこと！

ごめん、ごめんね、鮫川くん。

彼の広い背中を抱きしめ返しながら、心の中で謝る。

きっと、一度抱いてもらえれば、それで昇華できたはずの感情なんだ。

なのに、私は——鮫川くんの事情につけ込んで、結婚までしてしまって……

『好きな人がいた』って言っていた。ずっと好きな人、が。きっとその人と鮫川くんは、どうしたって結ばれない関係だったんだろう。だから、結婚相手は誰でもよかった。自分がいないときに野菜の面倒さえ見てくれるのなら。

ぎゅうっと胸が痛み、泣きわめきたくなる。誰かの感情を得られないことが、こんなに苦しいことだなんて。

せめて、大事にしよう。この人を。この人との、関係を。

疲れ果て、泥に沈むように眠りに落ちながら、私は鮫川くんの心音だけを聞いていた。

翌日――研究室の古びた窓ガラスの外で相変わらず頑張るセミを横目に、私はボスである若松教授に、すっかり忘れていた報告をした。

「は？　結婚？」

「しました」

「誰と？」

「鮫川くんです。よくここに使いっ走りに来る、あの鮫川くんです」

「はい？」

「使いっ走り……一応彼、あれでも……」

「まぁいいや。よかったなぁ」

「え、それだけですか」

「まぁ、いつかはねぇ」

いつかは……ってどういうことだろう？

教授って、女だから結婚しないと、みたいな古い価値観の人だった？　少し違和感を覚えつつ、私は反論する。

「女だから結婚するとか、いつかは家に入るとか、そういった考えは前世紀のものだと思いますが」

「ん？　ああ、違う違う。そうじゃなくて、君が鮫川くんと――」

教授が何か言いかけたとき、コンコン、と研究室のドアがノックされた。

「あ。そうだ、今日からだった。新しい助教」

教授はそう呟《つぶや》いたあと、「どうぞ！」と声を張り上げる。

「失礼します。今日からお世話になります、三島《みしま》です」

ドアが開き、入ってきた人物を見て、私はひどい既視感を覚えた。

『地味メガネザル』

ぐわんぐわんと頭の中で、変声を迎えてすぐの幼い「彼」の声が響いた。

その彼が、目の前の男性とオーバーラップする。

彼もまた――驚いていた。あの頃より背が伸びた。肩幅ががっしりして、声も低くなった。当たり前か。私よりひとつ上だから、もう三十路《みそじ》なんだ。

「……え、棚倉《たなくら》？」

苗字を呼ばれて、私は心を落ち着かせるように、すう、と息を吸った。もう私の人生に何の関係もないはずの人、……だったのに。

なんでこう、顔がそのままなんだろう。年を重ねても面影が変わっていないだなんて。

「ご無沙汰してます、……三島さん」

私は丸い眼鏡の縁に触れながら、やや硬い声で言う。

「あれ、知り合い？」

若松教授が不思議そうに言いながら立ち上がる。

「あ。はい。中学の後輩で」

な、と三島さんは人懐こく笑う。変わらないその微笑み方に、中学の頃は普通に騙された。

委員会が同じで、ひとつ上の先輩のこの人と親しくなって——もっとも、私が一方的だったんだろうけど、あのままだったら、きっと恋をしてしまっていた。

中学二年生の、ある日の放課後。三島さんと先輩の友達の会話を、たまたま聞いてしまった。陽が射し込む、リノリウムの廊下の色をやけに鮮明に覚えている。

『お前、最近棚倉と仲いいよな。二年の』

『そーそー。よく見かける』

からかうような声に、三島さんはそっけなく返した。

『いや、恋愛対象じゃないよ。あんな地味メガネザル』

がつん、と頭を殴られたような衝撃。心臓を犬に食いちぎられたような気分。

ゲラゲラという笑い声が廊下まで響く中、私は足元の少し汚れた上履きをじっと見つめていた。

『地味でもさ、胸はでかいよな』

はっ、と私は胸部を押さえた。中学生にしては、大きく育ち始めた、それ。頬に熱が集まる。

『あの胸は触りたい』

『触りたいってか、揉みたい』

『分かる。ていうか、挟まれてー!』

『何をだよ!』

笑い声が、どんどん下卑《げび》たものになる。

私は踵《きびす》を返す。これ以上、そんな最悪な話を聞いていたくなんかなかった。

気持ち悪い、気持ち悪い、気持ち悪い――！

呆然としたまま、翌朝学校をサボって、私は動物園に向かった。確かめたいと思った。メガネザルが、どんな生き物なのか。

たどり着いたその暗い展示室の中で、彼らはちょこちょこと動き回っていた。夜行性なので夜でもよく周りが見えるように発達した、大きな目。ちょこまかと動き回る、小さな身体。

『……可愛いじゃん』

思わず呟《つぶや》いて、そのままずるずると座り込む。

『メガネザル、可愛いじゃん、ねえ？』

見つめながら、私は泣いた。小さなその生き物が、するすると木を降りてきて、ガラス越しにじっと私を見つめていた。きゅんとして、小さな焔《ほのお》が胸に灯《とも》る。

私は君たちのこと、好きになっちゃったみたい。好きだから――知りたい。

そうして、動物を研究することを将来の夢にして、今その道半ばにいる。

「棚倉？」

もう大人になった三島さんの不思議そうな声に、我に返る。

しまった、今は若松教授と話している途中だった。

「っ、委員会が同じでした。それだけです」

「……ふうん？」

硬質的な私の声に、若松教授はそれだけを返して、三島さんが今日から助教としてここで働くことを告げる。

「そうですか」

すう、ともう一度息を吸う。さっきより、気持ちは落ち着いたみたいだった。


「懐かしいな」

お昼の時間になって席でお弁当を食べていると、三島さんが近づいてきた。

「今もおにぎり好きなんだな」

よくそんなこと覚えているな、と腹が立った。第一、ひとつ上のくせにいきなり助教なのもちょっとムカつく。助手をして、助教になって、准教授になって、教授。助教ということは、授業も担当するのか。そうなると、夏休み明けの後期授業からだろうな。

「知らなかった。棚倉が野生動物を研究していたなんて」

なんの悪意にも染まらず生きてきたような顔で、三島さんは笑う。

「今は何を？」

「……メガネザルです」

端的に答える。どう反応するかな、とちらりと見上げた。三島さんの笑顔は変わらない。

「そうか、可愛いよな、メガネザル」

気が抜けた。というか……くっそう、覚えてないよね、地味メガネザル発言のことなんか。この爽やかフェイス野郎……！　私はギリギリと歯を噛み締めた。

「ええ、そうなんです。可愛いんです、メガネザル」

わざとらしく言い切ったあと、はたと気が付いて私は眼鏡に触りながら続ける。

「そういえば――私、棚倉じゃないです」

「……え？」

「結婚したので。苗字は夫に合わせました」

鮫川くんは自分が改姓してもいいと言ってくれたのだけれど、私が単純に動物の名前が入っている「鮫川」が気に入ったのだ。

「鮫川です。鮫川。さーめーかーわー、です。改めて、よろしくお願いします」

三島さんは呆然としていた。

……地味メガネザルが結婚していて、ちょっとびっくりしたのかな？

ふふん、と私はこっそり笑った。少しだけ、溜飲が下がった気がする。……契約結婚、だけれどね。

「あのさ、鮫川……さん。オレ、何かした？」

三島さんはものすごく申し訳なさそうな顔をして言った。私は内心唇を尖《とが》らせ、大人げないと思いつつも当て擦《こす》る言い方をしてしまう。

「……ご自分の記憶でも掘り返したらいかがですか」

「中学のとき、好かれようと必死だったんだけど」

私はぽかんと三島さんを見上げる。一体今更何を……？

「あの……地味メガネザル呼ばわりしたのは記憶にないと？」

三島さんは目をまん丸にして「なんだそれ」と呟《つぶや》く。

私は心の中で大きく叫んだ。ほらやっぱり覚えてない！　私にとっては一生を左右するトラウマになったというのに、三島さんにとっては記憶すらしていない些細な出来事だったなんて。世の中、得てしてこういうものだとは分かっているけれど、あまりにひどくないだろうか。

「おかげさまで、こうして研究員まで来られたので、ええ、まあ」

思い切り文句を言いたいけれど、うまく言葉にならず結局もじゃもじゃと語尾を濁《にご》した。

「ちょっ、棚倉……じゃない、鮫川さん。それ、ほんと誤解」

覚えてもいないくせに、三島さんが顔色を変えている。私は今更絆《ほだ》されてやるもんかと席を立つ。

「お先に失礼します！」

「棚倉」

「鮫川です」

そう言い残して私は研究室を飛び出た。ああもう、どうして嫌な人に再会しちゃったんだろう。

二章（side 桔平）

『病めるときも健やかなるときも』

彼女はそう言った。

ざあと風が吹いて、窓の外で楠《くすのき》の新緑を揺らす。

『たとえ世界が終わりそうでも』

窓ガラス越しに木漏れ日が、ちらちらと彼女に降り注ぐ。古いガラスがキラリと光った。

彼女の瞳は、どこまでもまっすぐで。

『おコメだけは、食べなくてはなりません』

彼女が小さく首を傾げれば、さらりと髪の毛が流れる。眼鏡のガラス越しに見える、透明感のある瞳が俺を捕らえて離さない。

『だって、それでもお腹は空くでしょう？』

※　※　※

初めて彼女——棚倉亜沙姫さんに出会ったのは、俺が少々……いや、かなりやさぐれていたときだった。まだ学生の頃の話だ。

怪我をした。それなりに、大きな怪我だった。

「鮫川さん、リハビリ、よく頑張りましたね」

医者は俺に「驚異的な回復力です」と言ったあと、続けた。

「おそらく、日常生活には支障はないでしょう」

医者はほんの少し、同情的な目線を寄越す。

怪我をしたのは、空手の国際試合に向けての強化選手に選ばれた矢先のことだった。手術をしたのも、血を吐くようなリハビリに耐えたのも、全部全部、また試合に戻るためだったのに。

その報告を、理系キャンパスにいた空手部の先輩にした帰り道。人目につかない花壇に這いつくばって、じっと何かを観察し続けている女性を見つけた。大きな楠《くすのき》の下だ。行き倒れか、貧血か。

花壇に白衣を着た女性が寝転がっていたら、誰でもそう思うはずだ。

「大丈夫ですか」

慌てて声をかけた俺を緩慢な動作で見上げて、彼女はわずかに頷いた。髪の毛に土がついている。

「はい」

大きな銀縁の丸眼鏡から見えた、どこか少年のような瞳。キラキラとしていて、長い睫毛《まつげ》がそれを彩る。

「ダンゴムシの観察を、しているだけなので……」

「ダンゴムシ？　……ああ」

白衣を着ているし、何か虫関係の研究室の人だろうか。

「趣味で」

「……趣味ですか」

「ええ」

亜沙姫さんはまた視線を花壇に戻す。

変な人だと思った。けれどなぜか、俺は——花壇に座り込んで、訥々《とつとつ》と身の上話を彼女に聞かせた。いや、変な人だからこそ、だろうか。弱みを見せても大丈夫な雰囲気が彼女にはあった。

「……なるほど、よく分かりました」

あらかた語り終えた俺に向かって、亜沙姫さんは言った。そうして起き上がる。

「おいで」

まるで野良ネコにするかのように、彼女は俺を手招きする。俺はふらりとついていく。

理系キャンパスの建物に入るのは初めてだった。

文系とはキャンパスがそもそも違うから、政経学部の俺がこっちに来ること自体が少ない。

どこからか、アルコールのようなかおりがして、つんと鼻をついた。

薄暗い廊下。リノリウムの床が、きゅ、と鳴る。

少し戸惑う俺を無視するように、白衣の彼女はさっさと俺の先を歩く。すっと伸びた背中。今更ながら、かなり小柄な女性だと気が付いた。

「こっち」

促《うなが》されるままに、俺は彼女の後ろについて部屋に入る。「野生動物学研究室」と書かれたプラスチックの小さな札が、どこか心許《こころもと》なさげに柱にかかっていた。

「座って」

戸惑いつつも、素直に座る。

書類や本が積み上がる雑然とした室内だ。去年のカレンダーが張られっぱなしだった。

「手を洗ってくるから待ってて」

部屋の奥にある扉へ、亜沙姫さんは消える。扉には実験室と白字で書かれているが、文系には見慣れない文字だ。

やがて戻ってきた彼女は、なぜか弁当箱を持っていた。

「手を拭いて。食べて」

「……え？」

ウエットティッシュと一緒に、それを差し出された。ラップに包まれたおにぎりだ。

「あ、人が作ったおにぎりは食べられないタイプの人？　一応ラップで握ってるから、黄色ブドウ球菌の類《たぐい》は……まあ一般家庭の台所だから付着の可能性は否定できないけれども、腹痛を起こすほどはないと思う。毒素型だから対症療法しかないのが苦しいところだよね」

「いえ、そうではなくて」

唐突に「おにぎりを食え」と言われても、戸惑うのが一般的ではないだろうか。

亜沙姫さんは首を傾げたあと、ようやく気付いたように自分の名前を教えてくれた。

棚倉亜沙姫。世界で一番美しくて、彼女にふさわしい、その名前を。

「獣医学部野生動物学研究室の、院生一年です」

幼く見えた彼女が先輩であることに驚いた。院生一年ということは、二十五歳か。俺はそのとき、二十一になったばかりだった。

「鮫川桔平です。政経の、三年で――」

「鮭とおかかがあるけれど」

俺の話を聞いているのかいないのか、そもそも興味自体がないのか……彼女は突然、ぐい、と両手を差し出してきた。ラップに包まれたおにぎり、ふたつ。

「……じゃあ、鮭で」

亜沙姫さんはとても大事な決断を受け入れたように頷き、俺の横の椅子に座る。彼女のスチールデスクの上にも、これでもかというほど書類と本が積まれていた。

「どうぞ」

「……どうも」

気圧《けお》されるように、ラップを外しておにぎりを食べた。ちょうどいい塩加減に、思わず「うまい」と言葉が零れる。

「……おコメは食べなきゃいけません」

俺は咀嚼《そしゃく》しながら彼女を見た。亜沙姫さんはとても真剣に、そして秘密を告げるような静謐《せいひつ》な雰囲気で続ける。

「何があろうと、おコメだけは食べなくては」

彼女は俺を見つめた。まっすぐに、銀縁眼鏡の奥から少年みたいなキラキラとした瞳で俺を見つめた。

「どれだけ悲しいことがあっても、悔しいことがあっても、自分が消えてなくなっちゃいそうでも。——炊飯器のスイッチだけは、必ず押さなくてはなりません」

そう言って、小動物のような仕草でおにぎりをもくもくと食べ始める。

「病めるときも健やかなるときも——たとえ世界が終わりそうでも、おコメだけは、食べなくてはなりません。だって、それでもお腹は空くでしょう？」

俺ももうひと口おにぎりを食べた。その鮭おにぎりは、俺には少し小さくて三口で食べ終わる。

亜沙姫さんが、優しく微笑んで俺を見た。俺は胸がいっぱいになって、苦しくなる。

そこで俺はそうか、と気が付く。

「あの」

「なんです」

「俺、あなたの作ったおにぎりなら、素手で作ったやつでも全然イケます」

「あは」

亜沙姫さんは笑った。

「お口に合ったようで、何よりです」

俺は実に単純で簡単な男だと思う。

ヘコんでいるときに、飯を食わせてもらって、優しく笑いかけられたら――それだけで、恋に落ちてしまうんだから。彼女のために、コメを守るために生涯を捧げてしまおうだなんて思ってしまうのだから。それで就職先まで、決めてしまうのだから。

……ただ、俺も恋愛なんかよく知らないし、亜沙姫さんは亜沙姫さんで、花壇に寝っ転がってダンゴムシの観察をしているような斜め上の女性だ。距離の縮め方が分からないまま、あっという間に数年経ってしまった。そして俺はあの言葉に出会う。

『せめて繁殖行動の真似事でもすれば』

誰とする気だ。頭の中がそれでいっぱいになる。こまめに研究室に通って、周囲をけん制はしてきたけれど……他の男に彼女をとられてたまるか。

そうして俺は思いつく。研究熱心で、知的好奇心で頭がいっぱい、それを満たすためなら自分の貞操なんて簡単に捨てようとする、少し世間からずれた俺のお姫様を手に入れる方法を。目的のためなら手段は選ばない。

……というか、あの場で思いついたのが契約結婚だけだった。俺と結婚してしまえば、亜沙姫さんが「他の人とセックスしよう」と行動に移すことはない。ない……はずだよな？

最初に話を持ちかけてくれたのが俺で、本当によかった。

亜沙姫さんはなぜだか自分の容姿に自信がないようだけれど……恋をしている欲目を差し引いても、彼女は魅力的な女性だと思う。理系で女性が少ないここで、あんな話をされたら、その日のうちに誰かに押し倒されていてもおかしくなかった。

いや、たった一週間と少しで結婚に持ち込んだ俺の方が、タチが悪いと言えば悪いのか？

いや悪いな。詐欺だ、腹黒だと言われても返す言葉はない。甘んじて受け入れる所存だ。

そして彼女を手に入れて、感情の昂《たかぶ》りに耐え切れず押し倒して――

正直なところ、俺はめちゃくちゃ幸せだった。起きると腕の中に亜沙姫さんがいて、眠るときも、食事するときも、風呂から上がってもいる。幸せを抱いて暮らしているとはっきりと思う。亜沙姫さんは相変わらず何を考えているのか分かりかねるけれど、それなりに満足しているように見える。

とにかく俺はこの人を大切にして一生離さない。そうすれば、いつかはもしかしたら、彼女だって感情を返してくれるかもしれないだろう？


「今日はね、流星群が見られるらしいよ」

結婚して二週間ほど経ったある朝のこと、亜沙姫さんが、俺の作ったぬか漬けをポリポリ食べながら唐突に言った。

東京のギリギリ二十三区外、近くに二路線の駅があるこの街は、駅から少し離れれば閑静な住宅街だ。そんな静かな朝の空間で、亜沙姫さんは続ける。

「今日も遅いの？」

これは、俺と一緒に流星群を見たいという誘いだろうか。

「早く帰ります」

何がなんでも終わらせる。

そう、と亜沙姫さんは興味があるのだかないのだか分からない視線で頷いて、それから味噌汁を飲む。

「おいし」

嬉しそうに目を細める亜沙姫さんの首筋に、小さなキスマークがひとつ。

一緒に住み始めてからは一週間ほど。……自分でも呆れるくらい、毎日のように抱いている。

亜沙姫さんも徐々に慣れてきたみたいで、時折上がる甘すぎる声が可愛くて愛おしくて……と、慌てて雑念を消した。朝から煩悩《ぼんのう》がひどい。

気持ちを切り替えるように、俺は亜沙姫さんに返事をした。

「ありがとうございます」

どうしても夜遅く帰宅する俺は、朝食当番。といってもギリギリまで寝ているので、大したものは作れない。白飯に、うちの庭でとれたナスの味噌汁、赤魚の西京焼き。ただし市販の味付けされているやつだ。それからぬか漬け。

「ぬか漬けしてる人、初めて見た」

「そうでしたか」

「手が綺麗だって言うよね」

お漬物つける人って、と亜沙姫さんが俺の手を取る。まじまじと見つめる目線が、妙にくすぐったい。

「どうなんだろ」

「さぁ」

答えながらも、心拍数が上がる。亜沙姫さんの指が、確認するように俺の手を摩《さす》った。

「……っ、すみません、もう行かなくては」

時計を見るフリをして、そっと手を離すと、亜沙姫さんはゆっくりと笑った。

「いってらっしゃい」

「いってきます」

亜沙姫さんは、見送りになんか来ない。ぽりぽりとぬか漬けを食べながら、笑うだけ。それでも嬉しい。最愛の人から出る「いってらっしゃい」。幸せすぎて、現実感がないほどだ。

重苦しい現実感にズシンと襲われたのは、登庁してからだった。

次から次へと案件が回ってくるのに、どれも処理が進まない。

「鮫川！」

「鮫川さーん」

「係長、あれどうなりましたっけ」

国会答弁の書類作成に、通常業務がぐいぐい押される。さらに前例のない事案対応も、国家公務員総合職《キャリア》三年目、新任係長の俺のところにやってくる。受けると上から怒鳴られるが、受けなければその事案は止まったまま動かない。そういった駆け引きはどうにも苦手で、いつも解決する頃にはドッと気疲れするのだ。

……ああ、亜沙姫さんに会いたい。

スマホでこっそり撮った、亜沙姫さんの写真を眺める。可愛い。好き。会いたい。

「南の島に行きたい」

ぽつりと言葉が溢れた。そこで、朝から晩まで亜沙姫さんとゴロゴロしていたい。抱きしめたりキスしたり、飽きるまでセックスしたり……飽きないだろうな。

そういえば首筋のキスマーク、指摘し忘れていたな。まあいい、いい虫除けだ。彼女は俺の、俺だけの……。手に入れてから日増しに強くなる独占欲。

心まで欲しいだなんて、贅沢な悩みだ。身体だけでも満足すべきで——とそこまで考えたところでアラームが鳴ったので、立ち上がる。

「係長、議員レク——」

「今行く」

部下に呼ばれたあと、腕時計をちらりと見つめた。現在正午過ぎ。

『流星群が見られるらしいよ』

別に、誘われたわけじゃない。単なる世間話かもしれない。けれど、俺はふたりで見たかったのに。議員会館で散々待機させられた挙句、「やっぱりなし」と通告されたときの脱力たるや。

デスクに戻り、時計を見る。十九時を過ぎようとしていた。

あとは残った業務を片付ければ、なんとか二十二時過ぎには退庁できるのではないか。

ニュースによれば、流星群は二十一時から明け方までが見頃らしい。天気も悪くなさそうだ、と窓の外を見上げた瞬間、申し訳なさそうに部下が言う。

「係長……」

目線をやると、一枚のＡ４用紙。

「例の議員からの、質問通告。追加があるらしいです……」

さすがにイラッとした。明日の国会での答弁で使用する議員からの質問通告は、今日は十七時までに出揃っていたのに。

「まぁ、この先生。いつものことですけどね」

どんな質問が来るか分からないため、全省庁の担当職員が居残って追加分を待つことになる。……つまり、俺も。そうして質問の内容が分かってから、担当部署で答案書の作成が始まるのだ。体力がなければやっていられない。

残った仕事を片付けながら、ひたすら待つ。待って、待って――

結局、と俺は空を見上げた。東京の夜の明るさでも視認できるほど輝く流れ星が、省庁ビルの間を走る。

最寄り駅に着いて、零時過ぎの終電に乗る。タクシーにならなかっただけマシか。

普段は三十分程度で着く家路も、この時刻だともう少しかかるだろう。深夜一時過ぎには、亜沙姫さんもさすがに寝ているると思う。

そう思うのに、俺は急いでいる。もしかしたら、と半ば駆けるように、自宅の最寄り駅から急ぐ。

都心と違い、住宅街の灯りは消え、街灯だけがしらじらと明るい。さっきよりはっきりと見える、流れる星屑《ほしくず》。火球のようだと思いながら、小さな期待とともに家の前までたどり着いた。

シン、とした、電気のすっかり消えた家。……寝ている、よな。

分かっていたんだ。

そもそも、本当に……誘われていたわけじゃない。一緒に見よう、なんてひとことも言われていない。だけど、だけれど——

玄関に入り、廊下の電気をつける。居間に入ると、夏の夜の風が吹いた。虫の鳴き声を聞いて、窓が開いていることに気が付いた。

「……あ、おかえり」

廊下の灯りだけで薄暗い中、亜沙姫さんが振り返る。庭に面した濡れ縁《えん》に座って、ほんの少し唇を上げて。

「お疲れさま」

そう言って、笑ったのだった。呆然と亜沙姫さんを見つめていると、おいで、と手招きされる。まるで野良ネコにするみたいな仕草に抗えず、ふらりと近づき、俺は彼女の横に座った。

並んで、空を見上げる。

蚊取り線香のかおりが、ふんわりと舞う。

「ほら」

亜沙姫さんが指さした。

「たくさん見えるね、ここ」

「……綺麗です」

流れていく星が、なぜだかさっきまでとは違うものに見えた。

亜沙姫さんの手をそっと握る。亜沙姫さんは、何も言わない。

「……もう寝ているかと」

「うん、眠いんだけれど」

亜沙姫さんが目を細めて続ける。

「けど——鮫川くんと、見たいと思ったの」

眼鏡の奥の、その表情はよく見えない。けれど愛おしくて、そっと触れるだけのキスをする。

亜沙姫さんが不思議そうな顔をして俺を見つめたので、もう一度キスをした。

きょとんと俺を見つめ続ける彼女の、丸い銀縁眼鏡も取ってしまう。

さらさらと髪を撫でて、形のよい耳を撫でる。そのまま後頭部を支え、今度は深くキスをした。

「ん、ん……っ」

亜沙姫さんの口の端から、甘い声が零れた。

お互いに不慣れで、歯はぶつかるし息のタイミングも分からない。

それでも亜沙姫さんが愛おしくて、もう食べてしまいたいくらいに可愛くて、貪《むさぼ》るようにキスを続ける。小さな薄い舌を誘い出して、吸い付いて甘噛みすれば、亜沙姫さんが俺のシャツを強く握った。

「ふ、ぁっ、ふぅ、っ」

亜沙姫さんの、甘い喘《あえ》ぎと荒い呼吸。俺の息だって荒い。

ただお互い、求めて貪《むさぼ》り合って――

すう、と離れると、つぅ、と銀の糸が俺たちを繋《つな》いだ。

俺を見上げる亜沙姫さんの顔が、薄暗い中でも上気しているのが分かる。そっと彼女の頬を撫でた。

「……可愛い」

思わず零れた心からの本音に、亜沙姫さんは首を傾げた。

「可愛い？」

「……はい」

今更言葉は取り消せない。素直に頷くと、亜沙姫さんは妙な顔をした。

「うそー」

「本当です」

俺は、むっとして言い返した。

「可愛い。あなたは本当に可愛いです」

亜沙姫さんはまじまじと俺を見上げる。信じられないものを見るみたいに。

よく見えないのか、いまいち目線は合わない。けれど、ひどく懐疑的になっていることは伝わってきた。

「メガネザルみたいなのに？」

「メガネザル？」

メガネザルは、確かに可愛いと思うけれど……小さなサル、だよな。専門家である亜沙姫さんいわく、最小のものになると重さが百グラム程度らしい。それをなぜ引き合いに出したのか。

するとと亜沙姫さんは苦笑いして、首を横に振った。

「なんでもない」

「……教えてください」

隠し事のようにされたのが、なんだかやたらと気にかかった。

じっと見つめていると、根負けしたのか、亜沙姫さんは理由を教えてくれた。

中学二年生の頃に、彼女に起きた「とても嫌な出来事」について。

「でもねえ、そのおかげで今があると思えば」

穏やかに、寂しそうに、彼女は笑う。

……それでか。

今、亜沙姫さんが「これキツいんだよね」と零しつつ、スポーツブラジャーのような形状の下着を使っていたのは。押し込むというか、押しつぶしていた胸部。女性の下着には疎《うと》いから、普通のものよりは楽なんだろうと、そう思い込んでいた。

「どうしたの？」

黙っている俺に、ほんの少し不安そうに亜沙姫さんは言った。

「……いえ、そのクソガキをどうしばき回そうか考えていただけです」

「しばき？」

なんで関西弁、と亜沙姫さんがひっそりと笑う。

「第一、クソガキじゃないよ、もう」

「……ですね」

亜沙姫さんの先輩ということは、自分より年上だ。

ふと、温かさを感じる。見下ろせば、亜沙姫さんが抱きついていた。

混乱する。亜沙姫さんが、あの亜沙姫さんが自分から俺に抱きついてくれている。

「ありがと」

亜沙姫さんは俺の胸に顔を埋《うず》めたまま、呟《つぶや》いた。

「怒ってくれて……」

「怒るに決まってます」

そう言うと、亜沙姫さんは黙った。俺も何も喋《しゃべ》らず、しばらくそのまま抱き合う。

頭上をひとつ、星屑《ほしくず》が流れていく。昼間の暑さが嘘のように涼しい、そんな夜だった。

密着していると、亜沙姫さんの匂いがする。

もう風呂に入ったんだろう、シャンプーと、わずかな汗の匂い。頭の芯がくらっとした。

「……疲れてないの？」

「いえ、疲れてます。男は疲れているとこうなることがあるんです」

俺は不可抗力をアピールする。どうしてこんな、ちょっといいシチュエーションで勃《た》つんだ俺のは。まあ、さっきのキスで、すでにキてはいたんだけれど。

「毎日毎日残業だもんね」

「宮仕えですから」

「今日は、私が……してあげようか」

亜沙姫さんがぱっと身体を離す。そして、両脇から自身の胸を持ち上げた。

「これで、挟んで」

思考がついていかない。

「亜沙姫さん」

彼女を呼ぶ声が硬くなる。

嫌だと思ったはずだ。中学のときに、あんな言われ方をして。もうトラウマのように亜沙姫さんを縛り付けている、かつての出来事。

「鮫川くんなら、いいよ」

亜沙姫さんはほんの少し、はにかんだ。

「旦那さんだし」

その場で押し倒さなかっただけ、まだ俺は理性的だった。言われた直後、額《ひたい》にキスをして、亜沙姫さんを抱き上げた。至近距離に顔が来ると、なぜだか急に彼女が赤面する。

「どうしました」

「……顔がよく見えてなかったから、言えたの……」

両手で顔を覆って恥ずかしそうに呟《つぶや》く、亜沙姫さん。

可愛すぎか。なんでこんなに可愛いんだ？

確かに疲れているのに、無茶苦茶に彼女を抱きつぶしたくてたまらなくなった。

薄暗い寝室のベッドの上で、亜沙姫さんは一生懸命に俺のを胸に挟んでくれる。柔らかくて気持ちいい気がするけれど、何しろ俺も彼女も経験がない。これで合っているのかも分からない。しばらくして、亜沙姫さんは首を傾げた。

「もしかして、そこまで気持ちよくはない？」

「……ですね。ただ、ものすごく興奮はします」

「するの？」

不思議そうに亜沙姫さんが目を瞠《みは》る。

「するに決まってるじゃないですか」

「鮫川くん、もしかして巨乳好き？　それで私？」

彼女の言葉に、俺は目を瞬《またた》く。しまった。誤解させた。

「まさか、そんなつもりはありません。胸なんか、大きくても小さくても」

「そうなの？」

「そもそも……その、亜沙姫さんの胸がそんなにあることを知ったのは結婚してからです」

「あ、そっか」

そう返事をしながら、亜沙姫さんは少し考えるように視線をさまよわせ、それからおもむろに俺の先端を舐めた。

「……ッ！」

「気持ちい？」

ネコを甘やかすような声。そのまま彼女は露が溢れている鈴口にキスを落とし、先端だけを口に咥《くわ》えた。……これは、ヤバイ。腰がびくっと動いてしまう。このまま彼女の口に突っ込んだらどれだけ気持ちいいんだろう、なんて考えてしまう。

亜沙姫さんがさらに深く口に含もうとして、「ん」と苦しそうに呻《うめ》いた。その声にハッとする。

「大丈夫ですか？」

亜沙姫さんはゆっくりと口を俺のから離すと、身体を起こして俺にのしかかってきた。なめらかな肌の感触に、昂《たかぶ》りにさらに血が巡ってしまう。グロテスクなほどに血管を浮き上がらせたそれを見下ろしつつ、亜沙姫さんは膝立ちになって俺の上に跨《またが》った。

「これ、挿《い》れて、い？　……お願い」

あまりに淫《みだ》らで可愛いお願いに、しばし呆然となる。これ、俺の夢だったりしないよな……？

亜沙姫さんの白い太ももが、彼女から溢れた温《ぬる》い水で濡れていた。

……俺の舐めて興奮してくれていた？　一気に呼吸が荒くなる。今すぐにでもナカに突っ込んで腰を振りたくって気持ちよくしてやりたい。興奮しすぎて指先すら動かないほどだ。

くちゅ、と音がして目をやれば、亜沙姫さんが自分のナカに俺の先端を埋めたところだった。猛烈な快楽が頭の芯までも痺《しび》れさせる。直接感じる彼女の粘膜……

「っ、亜沙姫さん！」

俺は慌てて彼女の華奢《きゃしゃ》な肩を掴《つか》む。何をさせているんだ、俺は——俺は彼女を大切にしたい。好き勝手にセックスしたくて結婚したわけじゃない！

「コンドーム、いらない。でも、こんなこと言うのは……」

亜沙姫さんはそこまで言って、ぐちゅ、と音をさせつつ腰をまた少し沈める。奥まで欲しがるように肉襞が蠢《うごめ》き、誘うように蕩けた肉が締まる。俺は、ぐっと息を吐いた。

「鮫川くんだけ。他の人だったら——絶対に言わなかった。ね、だから」

お願い、という甘えた声に、理性が砕けた。細腰を掴《つか》み、最奥まで突き上げる。

「っ、ぁあ、っ！」

柔らかな最奥が、甘えるように俺の先端を包み込み、入り口が窄《すぼ》まる。低い声が混じった息を荒々しく吐き出し、俺は彼女が望むままに快楽を打ち付けた。

「気持ちいいですか、亜沙姫さん」

下から突き上げられている亜沙姫さんが、髪を振り乱しながらこくこくと頷く。可愛らしい唇からはあえかな嬌声だけが漏れている。

「さめ、かわくっ、鮫川くん……っ」

半泣きになりながらも、亜沙姫さんは必死で口を動かしてくれた。

「きもち、い、い……あんっ」

俺は彼女の腰を掴《つか》み、さらにがむしゃらに動く。ずるずると先端が肉襞を引っ掻く。それがいちいち気持ちよくて、ぬちゅぬちゅ、と粘膜が擦《こす》れる音にも興奮する。

「ぁ、あっ、あ……」

ぎしぎしとベッドが軋《きし》む。はぁはぁと、お互いの息が荒い。

動くたびに健気に締まる、蕩けた粘膜。腰を動かすたびに、亜沙姫さんのたっぷりとした乳房が揺れる。彼女のナカで、昂《たかぶ》りはなかば蕩けそうになっていた。

クーラーが効いているのに汗ばんで、血の色を透かしたように赤らんだ亜沙姫さんの肌。

半開きの唇から見える、可愛すぎる小さな舌。それらすべてが、とても美しかった。

温かく濡れて締まる彼女のナカが、柔らかな液体を溢れさせながら俺に絡みついてくる。やがて、最奥の感覚がほんの少し変わる。子宮の入り口だろうか……彼女の身体が、本能に従って孕《はら》もうとしている。

「亜沙姫さん」

「な、に……？」

とろん、と潤んだ瞳で亜沙姫さんは言う。

この行為に彼女が夢中になっているのは明白で——俺は心底、彼女を無理矢理にでも手に入れておいてよかった、と安堵した。他の男と、こんなふうに行為に耽《ふけ》ることにならなくて、本当によかった、と——

そう思いながら、痛いほど膨張した自身が限界を迎えつつあることを自覚する。

「すみません、……っ、俺、もう」

初体験のときはすぐにイってしまって、けれど最近は慣れてきたのかずいぶんと持つようになってきていたのに――初めて亜沙姫さんのナカで、その温かさと柔らかさを直接感じることが、肉体的にも精神的にも気持ちよすぎて我慢できない。お互いの粘膜を擦り合う行為がこんなにも気持ちがいいものだなんて、吐精感でどうにかなりそうだ。

亜沙姫さんが「ん、」と頷く。

「イって、くれるの？　鮫川くん。私の、ナカで？」

なんでこんなに、自己評価が低いんだろう。彼女に植え付けられた、中学時代のトラウマに心底腹が立つ。

好きだと言いたい。

愛してる、と――ひとりの女性として、あなたは俺を虜《とりこ》にしているんだって。

でもそれを告げることはできない。彼女が気にする、「後腐れる」にきっと該当してしまう。

だからせめて身体だけでも、それだけでも繋《つな》いでおく。ただそのためだけに。

「気持ちよすぎ、ます」

愛してるの代わりに、小さく彼女の名前を呼んだ。

亜沙姫。

俺の、お姫様。

俺だけの。

「亜沙姫」

亜沙姫さんがうっすらと笑う。どこか満足げなその微笑みは、ひどく淫《みだ》らなのにどこまでも清らかだった。まるで、宗教画に描かれている聖母のような——そう思うのは、惚れている欲目なのだろうか？

「……っ」

俺は彼女の腰を掴《つか》んで、ぐちぐちと前後に動かす。ナカが震えて、奥が俺をとろとろに柔らかく包みながら締まる。やがて亜沙姫さんの入り口がきゅうっと窄《すぼ》み、ナカが小刻みに痙攣《けいれん》し始めた。イきそうなのだと分かって、俺は最奥の、亜沙姫さんがひどく感じてしまうらしい場所をぐりぐりと先端で抉《えぐ》った。

「ふ、あ、あ……」

亜沙姫さんの背中が美しくそる。とたんに、ナカの肉が俺のものを強く締め付けた。きゅう、きゅう、と収縮して欲をねだっている。そこへ直接に、欲望を吐き出す。腰が抜けるような快感に、思わず低く息を漏らした。

亜沙姫さんの力ががくんと抜けて、俺の上に落ちるようにもたれかかってきた。

「亜沙姫さん」

大丈夫ですか、と言おうとした唇を、亜沙姫さんが塞《ふさ》いだ。

たおやかな手つきで俺の両頬を挟んで、触れるだけの優しいキス。

すぐに離れた彼女の汗ばんだ表情はひどく穏やかで、満足そうで、何より幸せそうで。

「綺麗だったね」

「え」

「流れ星」

そのまま俺の肩の上に頭を預けて、すう、と目を閉じた。すぐに聞こえる静かな寝息。

俺は汗で冷えたその身体を抱きしめた。しっとりと汗ばんだ背中を撫でてみると、亜沙姫さんは、ほう、と満足げに息を吐き出した。ひんやりしているのに、同時に熱い。

「亜沙姫」

すやすやと眠る彼女のこめかみに、唇を落とす。

「愛してる」

俺の上でぐっすりと、安心した顔で眠る亜沙姫さんが愛おしくて仕方ない。

俺も小さくあくびをした。風呂にも入ってないし、亜沙姫さんから溢れた水分と、俺が吐き出した白濁でお互い汚れていて。

けれど、そんなものどうでもよくなるくらいに、俺も眠りに引き込まれていく。

優しい寝息が、脳を蕩かすように眠りの底に俺を誘った——


ぱ、と目を覚ますと朝だった。カーテン越しの、まだ早い朝の光。

「……亜沙姫、さん」

俺の上で眠っていたはずの亜沙姫さんがいない。とりあえず下着だけ身につけて居間へ向かうと、亜沙姫さんが朝食を作ってくれていた。

「っ、亜沙姫さん、すみません」

亜沙姫さんは振り向き、ふんわりと丸く笑う。

「おはよ」

「……おはよう、ございます」

「かなり疲れてたみたいだから」

特別だよ、と言って、亜沙姫さんが首を傾げた。そうして少しだけ怒った顔をする。

「眼鏡、大変だったんだよ。なかなか見つからなくて」

「あ」

「濡れ縁《えん》に置きっぱなしだった、あは」

そう言って、彼女はそっと眼鏡に触れた。銀縁の丸眼鏡。

「すみません」

「ううん、私こそ寝ちゃって……っていうか、上で寝ちゃってたね。どっか痺《しび》れてない？」

「全然。羽毛のようでした」

亜沙姫さんが「嘘だ」と笑う。

もうシャワーを浴びたのだろう、すっかり身支度を整えている亜沙姫さんに違和感を覚えて、それが何かにすぐ気が付いた。

亜沙姫さん、胸を押さえつけていない。

「あのね」

俺の視線に気が付いた亜沙姫さんは、少しばかりスッキリとした表情で言う。

「ちょっと、前向きっていうか、自信持てたかも」

「そう……ですか」

答えながら思う。何が彼女をそうさせたのかは知らないけれど、それって、……ライバル増えないか？

「シャツ、ちょっとパツパツなんだけれどね」

ちょっと？　いや、なんというか、ちょっとじゃない。清楚な、ほんの少しだけ刺繍《ししゅう》の入った白いシャツのボタンが、今にも飛びそうだ。俺は頭を抱えそうになった。

「息がしやすいよ」

そのままの亜沙姫さんが素晴らしいと思う自分と、素の亜沙姫さんは自分だけが知っていればいい——という独占欲の狭間で悶々としながら、俺はシャワーを浴びる。

夕食をちゃんと食べていなかったせいか、いや、亜沙姫さんの料理が美味《おい》しすぎるせいか、とにかく黙々と朝食を平らげる。

食べ終わった俺に、亜沙姫さんは言う。

「あのね、ローションとか必要だったみたい」

「……は？」

「胸でするやつ」

亜沙姫さんは、俺の目の前で胸を寄せてみせる。

「買ってきておくね？」

「……いえ、その、買うとしたら俺が買います」

ローションを買う亜沙姫さんを想像して、思う。もしレジが男だったら、絶対に「いろいろ」想像する。色々、だ。そんなこと、させてたまるか。

「そう？」

「ええ」

力強く告げると、亜沙姫さんは少し不思議そうに頷いた。


セミは相変わらず求愛に忙しい。風がざあ、とナスやトマトの苗を揺らしていく。少し青くさい、そんなかおりがする夏の早朝。

「買い物に行きませんか」

そう亜沙姫さんを誘ったのは、流星群を見た週末の日曜日、ふたりで庭の畑を手入れしていたときのことだった。……ローションを買いに誘ったわけではない。

「何か足りないもの、あったっけ……？」

亜沙姫さんはジョウロを手にしたまま、俺を見て首を傾げた。麦わら帽子のつばを透かした陽光が亜沙姫さんの少し汗ばんだ顔に模様を作る。

「なぁに？　またホームセンター行く？」

昨日は郊外のホームセンターへ買い物に行った。そのときに、この庭仕事用の麦わら帽子も買ったのだ。それもお揃いで。すごく嬉しかった。

「今日の午前中はバイト休みですよね」

「あ、うん」

亜沙姫さんは週に一回、土曜日か日曜日の午後から動物病院でバイトをしている。六年生時に受けた獣医師国家試験に合格しているのだ。

「でしたら、一日……俺にくれませんか」

「いいけど。あ、昨日言ってた池でも作る？　池っていうかビオトープか。この辺ならトノサマガエルが来てくれそう」

「ホームセンターではありません」

もしかしたら、亜沙姫さんは俺がプレゼントしたいものより、一緒に庭にビオトープを作ったほうが嬉しいかもしれない。そしてトノサマガエルが産卵に訪れたほうがはしゃぐのかもしれない。……そうは思いつつ、俺は都内のデパートの名前を告げた。


「ちょっと、胸のところパツパツ……？　でもまぁ、変ではないよね」

出かけるにあたり、亜沙姫さんが着たのは少し青みがかった白のワンピースだった。夏らしくてとてもいい。似合っている。しかしながら、その服は亜沙姫さんの性的な魅力を引き出しすぎていた。

俺は、亜沙姫さんの胸の大小なんかどうでもいい。亜沙姫さん自身の魅力の前には塵《ちり》も同様だ。ただ思春期以降、男社会で幾度《いくど》も耳にした『あいつ胸でけえよな』だとか、『やっぱ女は胸っしょ』

などという言葉。あるいは女性の『胸が大きくてだらしない』や『男に媚《こ》びている』などという誹《ひ》謗《ぼう》。そんな視線に亜沙姫さんが晒《さら》されるのは嫌だった。

「鮫川くん、どうしたの？」

「……いえ」

不思議そうに聞かれたものの、本当のことは言えない。

少なくとも一緒にいるときは、俺の『怖い』『強面《こわもて》』『厳《いか》つい』と言われる顔面が役に立つだろう。背だって高いしガッチリしているほうだから、隣にいればそうそう不躾《ぶしつけ》な視線を向けられることもないはずだ。そんな輩《やから》がいたら、そいつがそそくさと立ち去る程度には睨《にら》んでやろう。

家を出て駅へ向かう道中、ほんの少し迷ったあと、亜沙姫さんの右手を握って歩き出す。亜沙姫さんは少し驚いたようだったけれど、何も言わなかった。

しばらくして、亜沙姫さんは「ねえ」と俺を見上げた。立ち止まり、俺も彼女を見下ろす。コンクリートには、濃い影が落ちている。

「……手、暑いですか」

離したくないな、と思いながらも聞いてみた。亜沙姫さんは何度か目を瞬《またた》き、優しく口角を上げる。

「違うよ。お昼ご飯どうしようかなって」

亜沙姫さんは暑さのせいか、頬をやや赤くしたまま言う。手を繋《つな》がれているのは気にならないらしい。

「食べたいもの、ありますか」

聞きながら、亜沙姫さんの頬に手を当てた。ひんやりと汗ばんでいる。

「な、何」

「顔が赤いです」

「え、あ、そう……？」

「大丈夫ですか」

「大丈夫！」

亜沙姫さんは大きな声で答える。熱中症になりそうなのかと思ったけれど、元気そうで安心した。

電車に乗ると、クーラーがよく効いていた。亜沙姫さんが少しほっとした顔をして、俺を見上げる。

「で、何買うの？」

「……秘密です」

「言えないようなもの？　破廉恥《はれんち》グッズ？」

「ではないです」

なんだ、破廉恥《はれんち》グッズって。というか、少なくともデパートでは販売されていないんじゃないのか。

「店の前で知らせます」

「そう？　あ、私もちょっと買い物していいかな」

亜沙姫さんは、目的のデパートの近くにある、カジュアルなお店が入っている商業施設の名前を告げる。俺は頷いた。

「では先にそっちに行きましょう。服でも見ますか？」

「ううん。ブラジャー」

亜沙姫さんは非常にあっさりと言い切った。ブラジャー……

「あの──」

「選ぶの、手伝ってくれる？」

俺は想像する。非常に可愛らしい雰囲気の下着屋で、むっつりと無言で立ち尽くしている強面《こわもて》の大男を。……絶対に営業妨害だ。

「すみません、亜沙姫さん。他のことならなんでもやりますので、それだけは勘弁してください」

「え、ほんとに？　なんでもいいの？　駅前の噴水飛び込める？」

「なんならバタフライしましょうか」

俺の返答に亜沙姫さんはお腹を抱えて笑う。その弾ける笑顔のためなら、アーティスティックスイミングでもなんでもしてやろうという気分になった。まあもっとも、噴水にそんな水深はないだろうけれど。

なんとか下着屋への同行を免《まぬが》れた俺は、商業施設内のベンチで行きかう人たちをぼうっと眺めていた。つらつらと色々なことを考えていて、ふと気が付く。

なんでブラジャーなんて個人的なものを、俺に選んでほしがってたんだ？

「……俺に見せる用……？」

そう思った瞬間、頬にかっと熱が集まる。けれど、慌てて頭を横に振った。まさか、そんな自分に都合のいいほうに解釈するのはやめろ。そうだ、心頭滅却だ。消すんだ煩悩《ぼんのう》を……

必死に煩悩《ぼんのう》と戦っていると、誰かに声をかけられた。

「あれ、桔平くん」

「あ……美保《みほ》さん」

一番上の兄、修平《しゅうへい》の奥さんで――俺の、憧れの人だった。

美保さんと初めて出会ったのは、俺がまだ中学生の頃だ。当時からガタイがよくて目つきも悪い俺は、よく他校生に絡まれていた。たいていは追い払えたけれど、その日の相手は金属バットを手にしていて、内心焦っていた。さすがにヤバイ、と思ったときに「警察呼んだよ！」と助けに入ってくれたのが、まだ学生だった美保さんだった。

それ以来、美保さんに憧れて――そう、本当に単なる〝憧れ〟だった。

亜沙姫さんに出会って、身をもって思い知った。

恋とは、あんなにふわふわしたものではなくて――身体を灼《や》き尽くすような、なのに姿が目に入っただけで幸せに包まれる、そんなもの。亜沙姫さんのためなら死ねる。この感覚が、他の人と共通のものなのか、俺だけにあるものなのかは分からないけれど。

「……兄貴は」

「今日は子どもたちとお留守番してるんだ。ね、奥様は？」

ここいいかな、と俺の横に座りながら、美保さんはいたずらっぽく笑う。その左手薬指には結婚指輪と、もうひとつ……小さなダイヤが並んだ指輪が重ね付けされていた。確か、新婚旅行で兄貴が渡した指輪だ。兄貴と結婚してずいぶん経つけれど、この夫婦はいつまでも仲がいい。うらやましいと思う。

「梏平くん、奥様とラブラブだったねー。実は駅で見かけた」

「あ、……声をかけてくれれば」

恋愛関係でからかわれた経験がほとんどないので、羞恥《しゅうち》で頬が熱くなる。

「ふふふ、梏平くんのあの甘い顔はなかなかレアだった」

ニヤリと笑う美保さんは、どうやら年齢が離れている俺と、弟の純平《じゅんぺい》を本当の弟のように思っている節がある。その上、五人兄弟中最も無愛想で無表情な修平の表情が分かるという特性を持っているので、つまり……無愛想なはずの俺の表情など、かなり簡単に読まれてしまうのだ。

「わぁ、顔赤いよ」

「……あの」

うまく言葉を返せない俺を見て、ごめんごめん、と美保さんが苦笑する。

「奥様はお買い物かな？　梏平くんは行かなくていいの？」

「えっと、その」

下着を買いに行っているので、とは言いづらい。美保さんは察してくれたのか、すぐに別の話題に移った。

「奥様の写真とかないの？　さっきは桔平くんの甘々顔にびっくりしちゃってて。あー、顔合わせ楽しみだなあ」

結婚が急だったことと、俺の兄弟が多いのとでなかなか都合がつかず、今となった。二番目の兄が海上自衛官で、最近ようやく帰国したのだった。

そんなわけで興味津々の美保さんに、俺はスマホを差し出す。

「わ、眼鏡美人さん。これは桔平くんもベタ惚れになっちゃうね」

「……っと、あの、外見ではなくて」

なぜだか言い訳のように、俺は続ける。

「中身、というか、性格というか……全体的に変わっている人だとは思うんですが、穏やかというか、包み込むような性格というか」

シドロモドロになりながら、俺はなんとか亜沙姫さんの魅力を伝えようとするが、うまくいかない。不意に、美保さんがふんわり笑う。兄貴はここに惚れ抜いてるんだろうな、と分かる微笑み。

「大丈夫、伝わってる。特に、桔平くんが本当に奥様を愛してるんだってことが」

「あ」

愛。

――そうだ。その通りだ。さらに頬が熱くなるのを自覚しつつ美保さんを見ていると、ふと視線に気が付く。

目を向ければ、少し離れたところに亜沙姫さんがいた。買い物は終わったのだろう、白いショップバッグを持って。けれど、どこか顔色が悪い。

俺は慌てて駆け寄った。人酔いでもしたか。もしくは——何か、あったのだろうか。やっぱりついていけばよかったと後悔で頭がいっぱいになる。

けれど、返ってきたのは「大丈夫」という笑顔だけ。

……頼っては、もらえないのだろうか。

彼女にとって、俺は単なる実験相手で同居人という、ただそれだけの存在なのかもしれない。それ以上を望むのは、もしかしたら烏滸《おこ》がましいことなのかもしれない。

分かっているのに、胸の奥からとろとろと黒い何かが湧いてくる。独占欲とか、庇護欲とか、そんなものが。自分勝手な、そんな感情が。

そんな考えを振り切るように、俺は美保さんに亜沙姫さんを紹介した。亜沙姫さんは余所《よそ》行《い》きだと分かる顔で、美保さんに挨拶《あいさつ》を返す。こんな社会人的な顔もできるのか、と少し驚いた。

待ち合わせに向かうという美保さんと別れる際、ニヤリと笑われた——今日のことは、兄貴に全部筒抜けになるに違いない。次に会ったらからかわれるだろうと思いつつ、俺は亜沙姫さんと手を繋《つな》ぎ直す。ふと、亜沙姫さんの小さな手に力がこもる。俺は反射的に握り直した。強く。

これで、いい。今はこれだけでいい。

ただの実験対象が望めるのは、きっとこれだけ。苦しく思いながらも、そう決めた。亜沙姫さんが側にいてくれるのなら——これで。

そうして俺は彼女の手を引き、予定の店に向かって歩を進めながら今日の目的を告げた。

「結婚指輪を作りませんか」

亜沙姫さんはきょとんと俺を見上げ、心底不思議そうに首を傾げた。

なんでこんなことを提案するのかと思っているんだろう。

単純に、俺は――亜沙姫さん、あなたが俺のものだって世界中に知らしめたいんだ。

「虫除けになるでしょう」

思わず零れた本音に、亜沙姫さんはなんだか見慣れない表情で、わずかに、でもはっきりと頷いた。

「やっぱり必要だよね。鮫川くんモテるだろうし、女性が寄ってくるの、嫌なんだね。ああでも、既婚者って逆にモテるとも聞くけれど」

「あの、そうではなくて」

俺のためではなくて……いや、結果的に俺のためなのか？

「そのへん、私にはいまいちよく分からないなあ。他人の番《つがい》に手を出すことは、少なくとも現代では禁忌に近いことだよね」

亜沙姫さんは淡々とした表情で続けた。

「まあもっとも、哺乳類で社会的一夫一妻を貫《つらぬ》くのは一割に満たないのね。ただ、生物的本能として、他のメスに選ばれたよりよいオスを選びたがる遺伝子を持っているのかも。鳥類だとペンギンあたりでも見られる行動だから……。あ、ペンギン見たいな」

「ペンギンですか」

「帰り、水族館行かない？」

亜沙姫さんは、池袋にある水族館の名前を口にする。楽しげな表情に、俺はつい、ふ、と笑った。

「いいですね。行きましょうか、水族館」

「あそこいいよね。ペンギンが、すいーって飛ぶみたいに展示されてて」

しばらく亜沙姫さんによるペンギン談義を聞きながら歩く。なんだかうまくはぐらかされたというか、説明できなかったような気がするが、よかったんだろうか。

目的の店に着いても、亜沙姫さんはショーケースに並ぶジュエリーを眺めるだけで、特に欲しいものはなさそうだった。もとからアクセサリーの類《たぐい》は好まなそうだとは思っていたが、少しでも好みに近いものを贈りたかったのだ。結局、こういうのも俺のエゴなんだろうから。

「どういったのが好きですか？」

「私の好みでいいの？」

「もちろんです」

そう答えると、亜沙姫さんはなんだか不思議な表情をしてから小さく俯《うつむ》いた。でもその口元が綻《ほころ》んでいて心臓が跳ねた。思わず口元を押さえる。

あまり表情に出していなかっただけで、もしかして指輪を喜んでくれている？　もしかして、さっきの既婚者がどうのペンギンがどうのっていうのは、照れ隠しか！

どきどきした。好きな人が嬉しそうにしているのって、こんなに自分も嬉しくなるんだな。

「シンプルなほうが、いいな」

ぽつりと亜沙姫さんが呟《つぶや》くと、女性店員が「こちらが人気のあるデザインです」といくつか見繕《みつくろ》って見せてくれた。

「じゃあ、これはどうかな」

亜沙姫さんはほとんど迷わず、そのうちのひとつを指さした。決断の早さに少し驚くけれど、亜沙姫さんらしいとも思う。

「オプションで、指輪の内側にブルーダイヤを埋め込むこともできますよ」

幸せな花嫁のジンクス、サムシングブルーに関連づけているのだろう。

「それは別にいいかなあ。ねえ、鮫川くん」

俺はちらっと亜沙姫さんを見て、それから店員に視線を戻す。

「ダイヤもお願いします」

「え」

驚く亜沙姫さんに内心謝る。やっぱり俺のエゴなんだろうけれど、でも俺は好きな人に幸福な花嫁になってほしい。

何枚か書類を書いたのち、財布を取り出すと亜沙姫さんが目を丸くした。

「ちょ、あっと、お会計……」

慌ててお財布を取り出そうと鞄を開ける手を、俺はやんわりと押さえた。

「プレゼントさせてもらえませんか」

「でも」

「婚約指輪も何もなかったんです」

眉を下げた亜沙姫さんは困ったようにしつつも、最終的には頷いてくれた。

指輪の完成はちょっと先になるらしい。店からの祝いだというクマのぬいぐるみと、これも〝花嫁のジンクス〟らしいコインが入ったショップバッグを持って、お店を出る。

「鮫川くん」

呼ばれて亜沙姫さんを見れば、彼女はとても愛らしいはにかみ顔で言う。

「ありがとう」

「……いえ」

可愛すぎて心臓が軋《きし》んだ。このままだと可愛い死しそうで、目を逸らしてまっすぐに前を見る。

正直、焦っていた。こんなに喜んでくれるなんて思わなかった。しかも、こんなに可愛い顔でお礼を言ってくれるなんて想定外だ。

「ペンギン、見に行きましょうか」

誤魔化すように言った言葉に、亜沙姫さんは満面の笑みで頷いた。

三章（side 亜沙姫）

雨粒が傘に当たる音がうるさい。

同じ傘に入る彼の声は、雨粒の音にかき消されてほとんど聞こえない。

「なんて、言いました？」

雨でわずかに湿る髪の毛を、私は耳にかけながら聞いた。

「もう一度、お願いします――三島さん」

※　※　※

正直なところ、三島さんの歓迎会に参加するつもりはなかった。

それなのに参加せざるを得なかったのは、三島さんに平身低頭、誠心誠意、謝られてしまったからだった。

「中学のときのこと、本当に悪かった。棚倉」

「……棚倉じゃないです」

私の言葉は無視されて、そのまま謝罪は続く。聞こえなかったのかな。それだけ、必死で謝ってくれてるってこと？

「あれは、売り言葉に買い言葉で、というか本気じゃなくて……」

顔を上げた三島さんは少し顔色も悪くて、なんだか私のほうが悪い気がしてきた。確かに胸の話とかをしていたのは三島さんじゃなかったし、中学時代のことをいつまでも根に持つのもちょっと……とは思う。でも、ムカついたし嫌だったのは本当だ。……だから。

「許さないです」

「――っ、ごめん。申し訳、ない……」

「けど、メガネザル発言の撤回だけは聞き入れます」

許してはいない。いないけど、折衷案《せっちゅうあん》で妥協しよう。まあ、同じ職場でこれからやっていくんだし、大人の対応はしてあげてもいい。

三島さんはそれでも、ほっとした顔をした。そして眉を下げて、ほんのちょっとだけ笑う。……くそー、爽やかフェイスめ。鮫川くんもそうだけれど、顔が整ってる人って人生で色々得している気がするなあ。

そんなわけで、指輪を作りに行った翌々日の火曜、三島さんの歓迎会当日。謝罪までされているのに参加しないのも大人げないので、致し方なく参加したというわけだ。大学近くの駅ビルに入っている普通の居酒屋。普通のコース料理、飲み放題付き。

普通じゃなかったのは、一次会終わりに突然降り出した土砂降りだった。

「うわ、ひどー」

「傘持ってるの？」

同期の友達に言われて、首を横に振る。一次会だけで帰るつもりだったけれど……

「二次会カラオケだって。今は傘さしてても濡れるよ。弱まるまで一緒に行こうよ」

その子が差し出したスマホの画面に表示された雨雲レーダーは、しばらくこの雨足が弱まらないことを示していた。カラオケ店は同じビルに入っているから、当然濡れない。

「うーん……」

スマホを見ると二十一時前だった。鮫川くんからの連絡はない。……ってことは、まだ仕事かな。官僚さんというものは、てっぺん回るのが当たり前の職種らしい。

今から帰れば多少は濡れるかもしれないけれど、晩ご飯を作れる。鮫川くんには飲み会に行くと伝えてはいるものの、なんだか悪い気がして。

契約結婚なのだ。家のことをするのが私の役割。鮫川くんの出張時以外はできる範囲で、っていうゆるゆる契約とはいえ、だ。それでも彼の役に立ちたい――そんなふうに思ってしまう。今日は冷えるし、豚汁を作ってあげよう。

「……下のコンビニで傘買って帰るよ」

「え、そうなの？」

「んー、旦那、の」

呼び方に迷ったけれど、とりあえず鮫川くんのことをそう呼んで続ける。

「晩ご飯、気になるから」

「わー、あー、もう、新婚さんめ！」

軽くからかわれながら、みんなに頭を下げてエレベーターで一階に降りた。一階にはコンビニが入っているから、傘はそこで買えばいい。

「え、わ、売り切れ」

コンビニは混雑していた。突然降り出したゲリラ豪雨に、電車から降りた人たちが次々に傘を買っていったのだ。

「どうしよ」

コンビニの自動ドアから外を見る。さっきと変わらずひどい雨だ。

これだけ降ってるなら、もう傘をさしてもささなくても同じかもしれない。よし、と自動ドアから一歩踏み出すと、突き刺さるように雨が身体を打つ。冷たい！　そのとき、誰かに腕を掴《つか》まれてコンビニの庇《ひさし》の下に戻された。

驚きながら振り返った先には、今日の主役の三島さん。少し息が荒い。まるで全速力で走ってきたかのような……

「三島さん。どうしました？」

「傘、……あー、送る」

単語ばっかりで意味がよく分からない。

「家、近いって聞いて」

三島さんは持っていた傘を示す。

「いえ、大丈夫です」

「ダメだろ」

しばらくの押し問答の末、家まで送ってもらうことになった。

傘をさした三島さんの隣に並んで、滝のような雨の下に出る。やっぱりひどい雨すぎて、笑いが出た。

「あっははは、ひどっ、雨ひどい」

「……これに濡れながら帰ろうとしてた棚倉も、なかなかひどいよ」

「ですから鮫川ですって」

駅前を離れると、すぐ住宅街に入る。先ほどまでの喧騒《けんそう》が嘘みたいに、シンとなる。街灯だけが明るくて、聞こえるのは雨の音だけだ。それも全然素敵じゃない、バケツをひっくり返したような豪雨。

「あのさ、棚倉……」

ふ、と三島さんが立ち止まる。そうなると、一緒の傘に入っている私も立ち止まらざるを得ない。下を見れば、アスファルトは川みたいになりつつあった。スニーカーはとっくにぐちょぐちょだ。ていうか全身湿ってる感じ。

やがて三島さんは、私を見つめて小さく口を開いた。

「……なんて、言いました？　もう一度お願いします——三島さん」

この豪雨だ。隣にいるのに全く聞き取れない。眼鏡に水飛沫《みずしぶき》がかかっている上、街灯の光だけなので薄暗くて、三島さんの顔がよく見えない。

「……棚倉」

微《かす》かに聞こえた三島さんの声に耳を傾けるべく、ただでさえ近い距離をさらに縮めようとしたとき――誰かに肩を引かれた。ぽすん、とその人の腕の中におさまる。

びっくりしたけれど、私はその手をよく知っているので怖くはなかった。というか、大好きな人の体温にこっそりとときめく。

「あれ、鮫川くん」

左手で傘を持った鮫川くんが、右腕で私を抱きとめてまっすぐに三島さんを見ていた。

鮫川くんの黒い大きな傘の中もまた、ひどい雨音。鮫川くんはゆっくりと私に視線を移動させる。

「おかえりなさい」

見上げて言うと、鮫川くんはほんの少しだけ頬を緩《ゆる》めた。それからまた視線を三島さんに戻す。

「妻を」

聞いたことがない硬くて低い声にちょっとびっくりして、思わず鮫川くんを見つめた。

「妻を送ってくださって、ありがとうございました」

「……いえ」

三島さんは鮫川くんを見つめ返したあと、私を見て笑った。

「旦那さん、来てくれてよかったな」

「あ、はい」

「じゃあまた……明日。棚倉」

鮫川ですって、という私の声はきっと雨音で聞こえなかったのだろう。三島さんはさっさと踵《きびす》を返して歩き去っていく。

「アサヒさん」

名前を呼ばれて、彼を見上げた。

なぁに、と返事をする間もなく――右腕で抱きとめられたまま、唇にキスが降ってきた。

「ん、む……っ？」

触れるだけのキスじゃない。ぬるりと入ってくる少し厚い舌は、明らかに別の意思を持っていた。

ひどい雨の中、大きな黒い傘の中で、私の口内はぐちゅぐちゅと蹂躙《じゅうりん》されていく。

頬の粘膜を舐められ、唇を吸われ、舌を甘噛みされて、上顎の粘膜を突かれて。そうなるともう、鮫川くんに馴染んだ身体は簡単に溶ける。

「ん……ぁ」

ほう、と鮫川くんを見上げた。鮫川くんは、ぎらぎらした雄《オス》の顔をしていた。

やや立て付けの悪い玄関の引き違い戸が、乱暴に閉められた。

レトロな模様ガラス越しに、家の前の街灯の灯りがぼんやりと玄関を照らしている。

さっきより弱まった雨音が、さあさあと扉越しに耳に入ってきた。

「鮫川、く……」

名前を呼び切る前に、鮫川くんがまた、私の唇に噛み付くようにキスをする。簡単に力が抜けて、鮫川くんに支えられるようにずるずると廊下に座り込んだ。そのまま冷たい廊下に押し倒される。濡れたスニーカーを、なんとか脱いだ。べしゃり、とも、ぽすん、ともとれる間抜けな音と一緒に土間に落ちる。

「ね、どうしたの」

鮫川くんは答えない。頭のすぐ横に、鮫川くんのシャツをまくった腕がある。血管と筋肉が影のように浮く、男の人らしい腕。ガラスから入ってくる灯りで、私の上にいる鮫川くんが逆光になっていて、表情がよく見えない。そもそも、眼鏡に水滴がついているので曇っているし……

「……どんな関係ですか」

押し殺したような、そんな声だった。

「へ？」

どんな関係――？

「誰と？」

「さっきの男と」

私は首を傾げた。さらりと廊下の磨かれた杉板に髪の毛が擦れる。

「あの人は研究室の助教」

「……親しいんですか？」

「え？　別に。全然」

まぁ中学の先輩ではあるけれど、めちゃくちゃ仲がいいかといえば、そんなことはない。むしろ恨みがあるほうだ。

「そう、ですか」

「そうですよ？」

鮫川くんは力が抜けたみたいに、私にのしかかってくる。ちょっと重い。

首筋にやわやわと触れる鮫川くんの唇の体温にどきどきしてしまう。暗くてよかった。だって多分、真っ赤だもの。ふう、と鮫川くんの息が首筋にかかる。

「っ、くすぐったい」

身をよじらせると、鮫川くんは私の耳を噛む。そうして、そのまま耳元で秘め事のように呟《つぶや》いた。

「下着、透けてます」

「……ええ？」

私は肘をついて上半身を少し起こし、おずおずと胸元を見下ろした。

「……ぁ」

インナー着ていたんだけれど、それもびちょびちょで……丸見えではないにせよ、確かにブラが透けている。うん。

「こんなイヤらしい下着、見せてしまったんですか」

「い、イヤらしい……？」

鮫川くんの表情は相変わらず不明。

ちなみに、透けている下着は、日曜日にショップのお姉さんがオススメしてくれた「セクシー」なやつだ。黒と濃い紫の、レーシーな。

なぜだか無言な鮫川くんと対峙しつつ、私は納得していた。コレを見て、ええと、欲情というかなんというか、そういう感じになっちゃって押し倒されたわけか。世間一般の意見は分からないけれど、少なくとも鮫川くんは私の胸が好きっぽいからなぁ。おっぱい大きくてよかったなんて思っちゃうのは、鮫川くんのことが好きだからだ。

「……っ、自分が子どもで、嫌になります」

鮫川くんはどこか自嘲気味にそう呟《つぶや》くと、ぎゅっと私を抱きしめた。

子どもって、ブラジャーを見てえっちな気分になったからだろうか。……思春期的な？

私が慰めるように鮫川くんの広い背中を撫でると、彼はわずかに身体を揺らして、すぐに力を抜いた。

「アサヒさん」

鮫川くんが私を呼んで、また唇を塞《ふさ》ぐ。身体が冷えているからか、やたらと熱く感じた。

ゆっくりと、また廊下に横たえられる。

「痛くないですか」

「ぁ、うん……」

そっと眼鏡を外された。置かれた場所、覚えておかないと……

視線をそちらに向けているうちにまた唇が重なり、濡れたシャツごと胸を揉み上げられた。

「っ、ぁ！」

身体が跳ねる。鮫川くんはシャツ越しに、胸の先端を軽く噛んだ。

「ひゃんっ」

服越しなのに、雨に濡れて敏感になっていたのか、ひどく感じてしまって恥ずかしい。

鮫川くんはぐにぐにと、形が変わっちゃうくらい強く胸を揉んでくる。

「あッ、ぁあっ、やぁっ、ぁ、……！」

喘《あえ》ぐ私を、鮫川くんは見下ろしている。表情は見えない、薄暗い空間。ぼんやりした視力、冷たい床。

なんだか現実感がないまま、私は鮫川くんの指に、舌に、翻弄《ほんろう》されていく。触れられたところが、ひどく熱い。じゅぷじゅぷと、鮫川くんは服越しに音を立てて乳首を噛んで、吸う。噛まれ擦《こす》られ、痛いくらいに勃《た》っている乳首が、鋭い快楽に苛《さいな》まれる。

「あっ、はぁ……っ」

お腹が疼《うず》いて、ぐちゅぐちゅとナカが蕩ける。腰が自然に揺れた。

「さ、めかわく……お願……い、もうっ」

「下、……触りますか？」

私はぶんぶんと首を横に振った。

そうじゃない。そうじゃなくて。

「い、れて？」

「……っ、アサヒさん」

「も、我慢むり……」

なんでこんなに乱れてるんだろう。そう自問自答していると、ふと答えが浮かんだ。

私、嬉しいんだ。

鮫川くんにこんなふうに性急に求められたのが、私に欲情して廊下に押し倒すほど求められたのが、嬉しくて仕方ない。

「お願い」

私は自分から膝を立てて、スカートをたくし上げた。薄暗いけれど、きっと鮫川くんからはショーツが丸見えだと思う。もう濡れて、ぴったりくっついてる、ブラとお揃いのショーツが。

「……嫌です」

想定外の拒否の言葉に、私はびっくりして鮫川くんを見つめる。見えない中で、彼がどこか嗜《し》虐的《ぎゃくてき》な顔をしているような気がした。

「こんなになってるアサヒさん、……堪能しないともったいないじゃないですか」

鮫川くんの顔が、足の間へ下りていく。

「……っ、鮫川く、ん、汚い、よ」

けれど私の言葉は完全に無視されて、ショーツのクロッチ越しに陰核をべろりと舐められる。

「んっ、……ぁ！」

ぐちゅぐちゅと卑猥《ひわい》な音をさせながら、まるでむしゃぶりつくみたいに。

「っ、ぁ、あっ、ダメ、……っ」

「一日中、こんなヤらしい下着つけてたんですか？」

「ぁ、やっ、だってぇっ」

別に誰に見せるわけでもないけれど、着てみたかったんだもん！

「だって？」

鮫川くんはクロッチ部分をずらして囁《ささや》いた。

「ぁ……」

ほう、と声が漏れる。ひんやりとした空気が、鮫川くんの唾液と私から溢れた粘液でぐしゅぐしゅに濡れたそこに触れる。

鮫川くんは、ムズムズと刺激を欲しがっていた陰核に舌を押しつけた。

「ぁあっ！」

「飲み会だから、ですか？」

「……え？　なんで、そ、なるの？」

私の言葉に、鮫川くんは一瞬だけ動きを止める。それから小さく「忘れてください」と呟《つぶや》いて、そのまま陰核を甘く噛んだ。びりびりと電気が走るような感覚が全身を走る。

「ぁあ……っ！」

思わず上がる腰を、鮫川くんは大きな手で押さえ込む。そして陰核をちゅう、と吸った。

「ぁ、やっ、だっめぇっ、イってる……っ」

イっているのに、鮫川くんは全然やめてくれない。それどころか、ぐちょぐちょに濡れているナカに、指を挿《い》れてきて——

「鮫川、く、……っ」

苦しくて、気持ちよくて、頭がおかしくなりそうで、私は顔を両手で覆った。

「アサヒさん」

鮫川くんが、やけに落ち着いた声で言う。落ち着いてるのに、確かな情欲を感じる、そんな声だ。私のナカが、それを聞いて蠢《うごめ》く。蠢《うごめ》く粘膜を、鮫川くんの指が擦《こす》る。いつの間にか増えた指は、バラバラと的確に肉襞を擦《こす》ってキモチイイところを刺激していく。

「ぁ、あっ、あっ」

「桔平、です」

鮫川くんは指を蠢《うごめ》かせながら言った。

「名前——」

「ふぁ、っ、えっと、してる、よ」

口を覆ったはずの手が、快感に耐え切れなくて杉板へ落ちる。

ひんやりしたその感覚は、けれど身体の奥から湧き上がる熱を冷やしてはくれない。

「呼んで、ください」

焦燥を含んだ声が聞こえて、のぼせそうな頭に疑問符を浮かべる。名前を、呼ぶ？

「な、んでっ？」

「アサヒさんも〝鮫川〟なんでしょう？」

「そ、だけどぉっ、ぁんっ！」

鮫川くんの指が抽送する。ゆるゆるとした動きが、余計に情動を煽《あお》る。

「は、ぁ……っ、ぁっ」

「アサヒ」

鮫川くんが低い声で言う。

まるで命令しているようで、それなのに懇願しているような、そんな声音。

「っ、ぁ……っ、桔平、桔平くんっ」

鼓膜まで濡れて蕩けちゃいそうな声に、私は言う通りにしてしまう。

鮫川くん――桔平くんは、満足そうに指を抜いて私の膝裏を持ち上げた。

スラックスを脱ぎもせず前だけ寛《くつろ》げさせた桔平くんは、蕩けている私の入り口に、もはや凶器と言ってもいいほど屹立したソレを宛《あて》がった。

「挿《い》れて、いいですか」

薄暗がりの中で、桔平くんの先端からぬるぬると先走りが溢れているのが分かる。ぼやけた視界で、そこはテラテラと薄明かりを反射していた。それが欲しくてたまらなくて、ナカがきゅうんと痙攣《けいれん》してしまう。

桔平くんの手が、ゆるゆると頬を撫でたあと、優しいキスが降ってきた。おでこに、目蓋《まぶた》に、慈《いつく》しむように。そうして、ズブズブ、とナカに入ってくる硬くて大きな熱。

「っ、ぁあ……っ」

思わず顎をそらせた。気持ち、いい。

桔平くんが「はぁ、」と息を吐いた。

「ナカ、すごいグジュグジュになってます」

「い、言わないで」

「なんでですか？」

ゆっくりと腰を動かしながら、桔平くんは言う。

「いつからこんなふうになってたんです？」

「ふぁっ」

私は欲しかったものがナカを擦《こす》ってずるずる動くのが本当に気持ちよくて、頭の芯までぼうっとしたまままつい素直に答えた。

「ぁ、桔平くんに、っ、キス、された、ときっ」

「……いつ？　ここで？」

「ん、んんっ、外でっ」

はぁ、はぁ、と自分の呼吸が荒くなる。ナカが熱い。桔平くんのに絡みついて、ぐちゅぐちゅに蕩けている。

「外で、キス、されたときっ……溶けちゃった……っ」

私は何を口走っているんだろう。でも、本当のことだ。キスされて、あの目線に溶けてしまって――

桔平くんのがゆっくりと奥に押しつけられた。そこからどんどん溶けていきそう。

「アサヒ」

少し掠《かす》れた桔平くんの声が聞こえたとたん、ぐい、と膝裏を押し上げられた。

「ぁあ……っ!?」

「……悪い、っ」

膝が顔の手前まで来て、彼の身体に押しつぶされたみたいな姿勢になる。

「ぁ、あっ、あっ」

ぐぐ、と桔平くんのがさらに奥に入ってきて、私は目を見開く。そのまま、桔平くんは激しい抽送を始めた。目の前のその行為で、自分のナカに桔平くんのが出入りしているのがはっきりと分かる。

「や、ぁっ、桔平、く、……っ、ら、めっ」

壊れちゃう。

こんなの、壊れちゃう。

じゅぽじゅぽ、とこれまで聞いたことのない水音が、雨音と混じってひどく淫《みだ》らに感じた。

「ぁ、ぁあっ、しんじゃ、うっ」

奥にゴツッと当たっては、抜ける寸前まで引いて、ぐちゅぐちゅと卑猥《ひわい》な粘膜の音を立てながらまた奥にゴツッと当ててくる。

「死んじゃう、死んじゃう、だめ、っ、ダメぇっ、ぁ、あ……！」

激しすぎて、もう頭がぐちゃぐちゃだ。完全に奥が蕩けている。もう、全部蕩けて死んでしまうんじゃないかと思うくらい。

「ぁあっ、あっ、ぁ、あ……！」

言葉が出なくなって、ただ桔平くんの動きに合わせて喘《あえ》ぐことしかできなくて、宙をさまよっていた手が、桔平くんの腕に触れた。ぎゅっと掴《つか》まる。

「ぁ、あ、だめっ」

涙がぽろ、と溢れた。なに、これ。ナカが信じられないくらいに痙攣《けいれん》している。腰が甘い電気を流されているかのようにビクビクとし始めた。

桔平くんは打ち付けるように、抽送を続ける。荒い息が、さあさあと降る雨音に溶けていく。

「っ、ほんと、に、だめっ、桔平くんっ、そこっ、だめ、だめ、だめ――ッ！」

ほとんど叫ぶような声とともに、私は今まで感じたことのない快感に全身を包まれる。

びくんと力が入って、爪先《つまさき》が、きゅうと丸まった。気持ちよすぎて、苦しくて、痛いくらい。

自分のナカが、きゅううっと締まっていって――

「ぁ、あ……」

そうしてがくん、と力が抜けた。絶頂の余韻で身体が甘く、重い。

浅い息を繰り返しながら、頭を撫でてくれる桔平くんの指の優しさを感じる。

シーツの冷たさに――どうやら気持ちよすぎて半分意識を飛ばしたらしい私を、桔平くんがベッドまで運んでくれたようだと察する。彼は、私を大事なもののように、まるで「お姫様」みたいに抱き上げて、そっとベッドに横たえた。

「アサヒ」

優しい声で桔平くんは何度も私の名前を呼び、そうしてキスの雨を降らせる。

合間合間に、すっかり手慣れた仕草で服を脱がされる。湿った服が床に落ちて、どこか重さを感じる音を出す。

桔平くんも服を脱いで、相変わらず立派な腹斜筋を晒《さら》した。

「ん……」

まだ頭が蕩けているのか、力が入らない。

桔平くんはそんな私を見下ろし、少し考えるようにしたあと、私をくるんとうつ伏せにした。そうしてとろとろに蕩けているナカに、後ろから再び挿入《はい》ってくる。

ず、ず、と桔平くんが動いている。形がはっきり分かって、羞恥《しゅうち》と気持ちよさで頭がくらくらした。

「んぁ……っ」

「少しは楽ですか？　俺もすぐ、イくので」

もう少し付き合ってください、と桔平くんはなんだかひどく甘い声で言う。それから、私の太ももを両足で挟んだ。

「あ、あ……」

ひどくゆっくりな動きなのに、快感が強くてシーツを握りしめる。

太ももを締めているからか、ナカでの桔平くんの動きがよく伝わる。さっきよりも形まで分かりそうなくらいに……！

「ぁ、ああっ、あぅ、桔平く、んっ」

「気持ちいいですか？　これ」

桔平くんの声が掠《かす》れて、荒い息が混じる。

「ん、んっ、気持ちいい、気持ちぃ……っ」

ふ、と笑う気配と、うなじに触れる柔らかな唇。

「可愛い。アサヒ」

桔平くんがぐぐっ、と腰をさらに進めた。

「ぁ、あっ！」

いやいやと首を振った。だめ、こんなの、また、私――！

「は、ぁ……っ！」

きゅっとシーツを握りしめて、足の爪先《つまさき》まで力がこもる。

びくんびくん、とナカが震えて桔平くんのを締め付ける。ほろり、と涙が溢れた。

それなのに、桔平くんは止まってくれない。

「は、っ、締め付け、すごい……ですね」

「っ、ふぁっ、ぁあっ、お願いっ、止まっ……て、私っ、はぁっ、イってるんだよ、っ」

「そうですね」

桔平くんはものすごく優しい声音で続ける。

「すごくビクビクしてて可愛いです」

「か、可愛い、ぃ……？」

桔平くんはそうっと、私の髪の毛を梳《す》く。動きが少しだけ、緩《ゆる》やかになった。

「ナカ、すごくグジュグジュで蕩けてるの、分かりますか」

「は、はぁ、っ」

「きゅんきゅん締まって、ものすごく可愛いの、知ってますか」

「し、しらな、……ぁんッ！」

答えようとした直後、ぱん、ぱん、と強く抽送された。

「気付いていないかもしれませんけど、アサヒさんはとても可愛いんです」

「ぁ、ぁあっ、あっ」

「だから……もう少し、警戒感を持ってください」

「は、ぁっ、ぁう、ぁっ」

桔平くんが何か話しているけれど、いまいち理解できない。

ただ、ずるずると、ぐちゅぐちゅと、桔平くんのが出入りしているのだけは感じる。

だけど、それも仕方ないと思う。だってもう脳が、溶けている。

「分かりましたか？」

ぐぐっ、と奥まで貫《つらぬ》かれながら、私はただこくこくと頷いた。すると桔平くんは私の腰を掴《つか》んで、高く上げた。お尻だけ彼に向けているだなんて、ものすごく淫《みだ》らな格好をしている気がする。

「ふぁあっ」

奥に彼の熱が当たる角度が変わって、私ははしたなく啼《な》いてしまった。

そうして、桔平くんの抽送が激しさを増す。ナカでそれがさらに大きく、暴力的なほどに硬くなる。

「ぁあんっ、あんっ、あっ、あ……っ」

涙が溢れる。ナカがまたさっきみたいにきゅんって締まって痙攣《けいれん》して、頭までびりびりして、……あ、またイっちゃってるって頭のどこかで思う。

「……アサヒ、っ」

ナカに、どろどろと温かなぬめりが広がるのが分かった。どくどく、と桔平くんのが蠢《うごめ》く。

「あ、……っ」

出てる。私のナカで、気持ちいいって、出てる。それが嬉しくて、どこか誇らしい。

やがてシーツに力の抜けた身体が沈んだ。

ずるり、と桔平くんが私から抜けていく。

それを寂しく思った次の瞬間には抱きしめられて、頬ずりされていた。

「眠そうですね」

「……ん」

眉間に落ちてくるキス。それが契機になったかのように、私はとろんと目を閉じた。

なんか色々、どろどろだしぐちゃぐちゃだけれど……強い眠気に勝てそうにない。

「……あのね」

「はい」

「ねむい」

「はい、寝てください」

桔平くんは私を抱きしめ直す。裸でふたり抱き合うなんて、本当の夫婦みたい。でも、別にいいよね。そもそも「婚姻」なんて社会契約の一種だもの。こんな形があったって、当人たちが納得してれば問題ないんだ。納得っていうか……

「幸せ」

そう、幸せ、なら……

溶けていく意識の中で、私は温かな桔平くんの胸板にすり寄った。

「……しあわせ」

桔平くんが、小さな声で呟《つぶや》く。

ああ、桔平くんも幸せなのかな。だとすれば、もう百点満点じゃないですか。

うふふと私は微《かす》かに笑って、そのまま眠りに落ちていく。窓の外からは、さぁさぁと心地よい雨音。

「おやすみなさい、アサヒさん」

穏やかな桔平くんの声とぬくもりに包まれて、ゆっくりゆっくり、意識を手放した。

その翌朝。私は桔平くんに噛まれていた。

アオウミガメの雄《オス》は求愛行動の一種として雌《メス》を噛む。ネコ科の動物も、交尾時に雄《オス》が雌《メス》を噛むことが多い。これにも理由があるのだけれど――じゃあ、彼が私を噛むのはなぜだろう。甘噛みにもならないくらい、やわやわと、かぷかぷと、私の身体を口内に含むのはなぜだろう。

ヒトの雄《オス》の行動が、まだよく分からない。正確には――桔平くんが、やたらと今日私を噛む理由がよく分からない。

「分かりましたか？　アサヒさん」

桔平くんは私の鎖骨を甘く噛みながら、そう言った。

ちらりと窓を見れば、カーテン越しに朝の光が入ってきている。鳥や虫が鳴く声に、原付バイクが通り過ぎていく音。もう少しすれば、登校する子どもたちの賑やかな声も聞こえてくるだろうそんな時間に、桔平くんはひどく真剣な声で繰り返す。

「約束ですよ」

「んっ、はぁっ、ぁあっ、やぁ……っ」

返事をしなきゃと思うけれど、身体中で感じてしまっていて、何も言えない。桔平くんは噛んだ鎖骨を、丁寧に舌で舐め上げる。

「ふぁっ、ぁっ、やぁっ」

「何、考えてるんですか？」

ぐ、と腰を掴《つか》まれて、奥まで一気に貫《つらぬ》かれる。最奥にゴツゴツと当たって、私は強すぎる快楽から逃れようともがいた。

「アサヒさん」

優しくて、でも有無を言わせない声が耳朶《じだ》をくすぐる。逃れようとした身体は、桔平くんに簡単に押さえつけられた。

「は、ぁっ……！」

ぐちゅぐちゅとナカをかき混ぜられて、無理矢理に与えられる快感。桔平くんに強く強く抱きつくことで、どうにかそれを逃すしかない。背中を引っ掻いてしまっている気がする。

「簡単に他の男についていかない」

いいですね、と抽送を続けながら子どもにするように言い含められる。と同時に、落ちてくる甘いキス。それに応えようと一生懸命口や舌を動かすけれど、桔平くんの舌に搦めとられて、舌を、唇を、また甘く噛まれて。

「返事がないですよ」

「やっ、ぁあんっ！」

ばちゅん！　と強く与えられた律動に、腰が浮きそうになる。けれど桔平くんの身体に押さえつけられたままで逃しようのない快楽が、ビクビクとナカの肉襞を痙攣《けいれん》させる。

「ぁ、もう、桔平くん、だめ、イっちゃう……」

懇願するように言うと、桔平くんはぴたり、と止まった。

「……ぇ」

もう少しでイけそうだった私のナカは、ピクピクと収縮しながら桔平くんがまた動いてくれるのを熱望している。私ははしたなくも、自分で腰を動かした。ゆるゆるとした気持ちよさはあるけれど、全然足りない。でもイきたくて、腰が止まらない。

「桔平くん、なん、で」

イきたい、イかせて――そんな言葉が零れそうになって、ぐっと耐える。

「約束してくださいね」

さらりと私の髪を撫でる、桔平くんの熱い指先。

「そうしないと、心配で……死んでしまうかもしれません」

「っ、分かった、分かったからあ……」

約束すると、桔平くんはちゃんとイかせてくれた。……何回もそうされて、何をそんなに心配しているんだろう？　とは思ったけれど。


そのしばらくあと、私はとんでもない知らせを受け取った。

血の気が引いた。――あの人が、来る。

蝶のように軽やかで、華やかで、美しい、「妃」の名を冠するにふさわしいあの人が。

「……アサヒさん？　電気もつけずにどうしたんですか」

「っ、あ、お、おかえり」

私は大学から帰宅後、暗い居間でスマホを凝視していた。かなり前に届いたメッセージに、背中に冷や汗が流れているのが分かる。

座卓にスマホを裏返して置いた。既読にしちゃっているから返信しなきゃとは思うのに、嫌な予感でどうしても指が動かない。

「や、えっと、晩ご飯すぐに――」

「そんなのあとでいいです。そんな顔しておいて、何でもないはなしですよ」

「あ、本当に……」

「アサヒさん」

ぴしりとした低い声に、私はしょんぼりと肩を落とす。

「……姉が……帰国するって」

「ああ、フランスで働いてるんでしたっけ」

私は、それのどこが問題なのかと不思議そうにしている桔平くんのシャツの裾を掴《つか》む。そっと握ってくれた大きな手がひどく熱かった。もしかしたら、私の手はそれだけ冷たいのかもしれない。

「お姉ちゃん、連絡ないから……大丈夫なのかと思ってた」

思わずそう呟《つぶや》いた。

「大丈夫……とは？」

「あのね、桔平くん。お姉ちゃんは美人なの。私と違って」

「アサヒさんと違って？　それはないです」

なんでそんなに自信満々に言い切るんだろう。だって、誰が見たって「私と違って」は確定事項だというのに。

「ええと、……あの、お姉ちゃんはフランスでモデルしてて。だから私と違うの。明るいところにいる人なの。みんなに優しくて、みんなと仲がよくて」

目線を上げて桔平くんを見つめながら、私は続ける。

「なのに、なんでか私のこと――お姉ちゃんは……きっと、桔平くんのこと」

ぱくぱくと口を動かすけれど、なかなか先を言えない。私は眉を下げて自分が半泣きになっているのを感じた。

「わ、私のこと、嫌いに……ならないでくれる？　うざいなんて思わないでほしい」

なんとかそれだけを口にすると、桔平くんの肩が大きく揺れた。

「なるわけがない！」

ものすごく大きな声だった。それに心底ほっとした理由は、うまく説明できない。あの苛烈《かれつ》で美しい姉のことを、そして彼女が私に対して抱いている感情を、どう伝えたらいいのか全く思考がまとまらなかった。

私が腐葉土の下にいるダンゴムシなら、お姉ちゃんは夏の陽射しを浴びているアゲハ蝶。

私が日陰にじっとりと生えるゼニゴケだとしたら、お姉ちゃんは大輪の赤い薔薇《ばら》。

別に、どっちだからいいってことはないと思っている。だって私にはきっと、夏の陽射しの下で優雅に舞うアゲハ蝶のように羽ばたくことは、……そのために努力することは、きっとできない。

昔から、お姉ちゃんは周りから愛されている。いや、愛されるために生まれてきたような人だ。

五つ上で、百八十センチ近くある高い身長に、スラリとした長い手足、スレンダーな身体つき。モデルになるために生まれてきたような美貌。

底抜けに明るく、物怖《ものお》じしない性格。強引な性格さえも、お姉ちゃんであればそれは魅力にしかならない。

私とのあまりの違いに、『あ、し、姉妹なんだ……？』とよく言われた。

「真妃《まき》」の名前に一切劣ることのない、まさしく女王様のような人。

なのに、なぜかお姉ちゃんは、私に執着している。

お姉ちゃんの前では、私は抵抗できない。一切できない。嵐の中で、翻弄《ほんろう》される木の葉みたいに。

だから今、私は――全身に降ってくるキスをただ、受け入れている。

「ぁぁあんっ、可愛いっ、アタシの亜沙姫ぃぃい！　ああほっぺ、ぷにぷにほっぺぇぇえ、きゃんわいいいいいいい、アタシのお姫様ぁぁぁあ！」

玄関先で絶叫する長身スレンダー美女に、桔平くんはお客様用スリッパを手に固まっていた。

桔平くんは悪くない。みんなに言われる、『あ、し、姉妹なんだ……？』――そうです姉妹です。ごめんなさい、騒々しい姉でごめんなさい……あ、泣きそう。桔平くん、絶対引いてるよね。この人が身内になるの嫌だよね……

「はあはぁ、アタシの砂糖菓子ちゃん、……あれ？　ねぇ亜沙姫、おっぱい大きくなってない？　なんで？　なんで、ねぇなんで？」

も、揉むのはやめてほしい……っ。

でも確かに、最近おっきくなってる気がする。……桔平くん毎日揉むんだもん。

「……っ、お姉ちゃんっ、はな、離し――」

「んんんんぁあほんっとに亜沙姫は可愛いいなぁあ！　くんくんくん、いい匂いがするう……はああお姫様だよなぁぁあ、生きててよかったなぁあお姉ちゃん、亜沙姫のお姉ちゃんになれて幸せだよおおお」

「も、もう！　もうすぐ三十の大人に、お姫様なんてないよ！」

なぜか桔平くんがギクリとした。それを不思議に思いつつもお姉ちゃんを見ると、彼女は本気できょとん、とした顔で首を傾げた。

「え？　亜沙姫はお姫様だよ？　百歳でも二百歳でもお姫様だよ」

「……そこまでは生きてないと思うけれど」

「エッ！　なんで！　生きて!?　四百年でも五百年でも生きて！　亜沙姫が死ぬなんて想像したくないっ」

全力で肩を揺さぶられて訴えられた。

「生き物には寿命というものが……まあ、ニシオンデンザメは五百年くらい生きてる個体がいるみたいだけれど」

「そのオデンとかいう鮫みたいに生きてよ、亜沙姫。でも――」

そこまで言って、お姉ちゃんは私を抱きしめたまま笑った。凄惨に笑った。

「鮫川、っていう苗字は……似合わないんじゃないかなぁ？」

美女がこんなふうに笑うと、怖い。

ただ桔平くんは目線を逸らさず、「はじめまして」とひとこと、挨拶《あいさつ》だけする。

とりあえず居間に入ってもらうと、お姉ちゃんは長い足を折りたたんで座布団に座った。私は強制的に、その横。お姉ちゃんは凶悪な笑みを浮かべたままだ。

予想通りすぎだった。桔平くんのこと、完全に敵視している。

お父さんとお母さんに、絶対にお姉ちゃんにちゃんと伝えておいてね！　穏便にね！　って念押ししていたのに。私から「結婚する」なんて伝えたら、激怒して帰国することは予想できたから……

「お母さんからエアメールで届いたのよ、しかも船便で届いたの。その上あっちで配送ミスがあって、手元に来たのがつい最近」

やたらと淡々とした表情で、お姉ちゃんは言う。

そっか、お母さん――ごめん。穏便に、って頼んだから、わざわざ手紙書いてくれたんだ。

「その場で手紙破り捨てて」

「お母さんからの気遣いッ！」

「そのまま空港に来たの」

だから荷物ないんだよね、とあっけらかんとお姉ちゃんは言う。

「粗茶ですが」

桔平くんが、緑茶を淹れて持ってきてくれた。

コトンと座卓に置かれたそれを一瞥《いちべつ》して、お姉ちゃんが叫ぶ。

「出たー。粗茶出たー。マジ日本人のそういうとこ出たー。粗末なら出すなよ～」

誤解してほしくないけれど、お姉ちゃんは普段こんな人じゃない。

つまるところ、お姉ちゃんは、……単に桔平くんに難癖つけたいだけなのだ。

「お姉ちゃんっ！」

ひとことと怒ると、とたんにシュンとした。そしてひと口、飲んで。

「……結構なお手前で」

「もう、お姉ちゃん」

「あの」

キリッとした顔で、桔平くんはお姉ちゃんの向かいに座る。私もなんだか一緒になって、背筋を伸ばした。

「ご挨拶《あいさつ》が遅くなりまして。鮫川桔平です」

「どぉぉもぉ、棚倉真妃でぇーす」

舌をロックバンドのジャケット写真みたいにべろっと出して、両手でピースしている。

「お姉ちゃん！」

お姉ちゃんはプイ、とそっぽを向いた。ああもう……

「顔合わせのときに、ちゃんとお姉ちゃんにも話そうと思ってたんだよ」

連絡がなかったから、てっきりお母さんに説得されてしぶしぶ結婚は認めてくれたと思っていたのに！

お姉ちゃんは綺麗な鼻筋にシワを寄せて、桔平くんを見ながら言う。

「まぁ、まぁ……結婚しちゃったんだもの、それは仕方ない。血の涙が出そうだけど仕方ない。飛行機で血尿出ちゃったけど」

「ぴょ、病院っ！」

膀胱炎《ぼうこうえん》か、タマネギ誤食による血色素尿……って、違う、それはイヌの場合だ。

「式は？　ハネムーンはどこ？」

難癖つけてやる気満々の顔で、お姉ちゃんは言う。

私と桔平くんは、顔を見合わせた。

どうしよう、どちらの予定も……ない。だって契約結婚だし。でも「ない」なんて言ったら、確実に文句言われる。どうしよう。ていうか、……桔平くん、さすがに面倒くさいとか思ってるよね。こんな姉いたら、面倒くさいどころの騒ぎじゃないよね？　そう思うと、怖くなった。桔平くんは結婚相手が私じゃなくてもいいんだもの。血の気が引いていく。

面倒くさくて、私のこと……もういらなくなったりしたら、どうしよう……

離れたくない。不安でいっぱいになっている私をちらりと見て、なぜか桔平くんは少し頬を緩《ゆる》めた。

なんだろう。なんだか優しい顔で。

「式や新婚旅行は、今のところ未定です」

「未定ぃ〜？」

お姉ちゃんは不服顔。

未定、未定の言い訳は……と考え、ハッとしてお姉ちゃんの腕を取る。

「わ、私まだ大学に在籍してるから！　論文まだ終わってないし！　ちゃんと就職してないしっ」

お姉ちゃんはジッと私を見たあと、桔平くんに向き直る。

「……なるほどね？　じゃあそれはいいとして、アンタはなんでそんなにニヤニヤしてるわけ」

桔平くん、別にニヤニヤはしてないと思う……。少し表情が柔らかいだけで。

「いえ、姉妹ってこんな感じなんだなぁ、と」

違うよ、桔平くん。多分、世の中の普通の姉妹はこんなじゃないよ。

桔平くんはその柔和な表情のまま、続けた。

「俺は兄と弟しかいないので、新鮮でした。微笑ましいというか。仲がいいんですね」

お姉ちゃんの機嫌が急上昇していくのが分かる。

だいたい、私たち姉妹を見た人の反応は「あ、し、姉妹なんだ……？」だから。99・99％《フォーナイン》ドン引きといって過言じゃない。桔平くんみたいな反応は珍しい。

「そ、そうよ？　アタシと亜沙姫は仲良しなの。らぶらぶなの。小さい頃から一度だってケンカしたことがないのよ。ねー、亜沙姫？」

「う、うん……」

それは、お姉ちゃんがマイペースすぎるのが原因ではないかと思いますけれども。というか、お姉ちゃんに抵抗する気力がなかったとも言える。

「ケンカもないんですね。うちは親からよく、ケンカになると家が壊れるから外でしろ、と言われていました」

「き、桔平くん、ケンカなんてしたの？」

穏やか～な性格の人だからそんなことないのかなぁ、と思っていたけれど。

「まぁ、たまにですけど……。姉妹だと、きっとケンカすら優雅なんでしょうね」

桔平くんは多分夢を見ている。お姫様みたいに可愛らしい姉妹を。

実際は、お人形のようにフリフリの服を取っ替え引っ替え、髪型さえ自分で決められない環境にいただけなんだけれども。

「ふ、ふん。アンタを認めたわけじゃないけど、まぁまぁ見る目はあるみたいじゃないの」

ツンデレ（？）的な反応のあと、お姉ちゃんはうちで一泊することになった。

夕食のお寿司で一悶着あったり、お風呂に一緒に入らされたりと色々あったけれど……

お姉ちゃんのパジャマは、桔平くんのスウェットを借りた。身長高いから、私のじゃ無理だったのだ。謎に着こなしていて、思わず褒めると満更でもなさそうにしていた。

「……ごめんね桔平くん、疲れたでしょ」

お姉ちゃんを客間で寝かせて寝室に行くと、お風呂上がりの桔平くんが不思議そうに私を見る。

「いや、明るいお姉さんだなぁと」

「……面倒くさい、とか思わなかった？」

下を向きながら、そう尋ねる。申し訳なくて顔が上げられない。

「なぜですか？」

不思議そうな桔平くんの声に、私は言う。

「普通の〝お姉ちゃん〟はあんなじゃないよ、多分……」

「俺は」

桔平くんが、さらりと私の髪を撫でた。それを受けて、ゆるゆると顔を上げる。

「アサヒさんが愛されて育ったんだなぁ、と……そう思いました」

「……愛が重すぎない？」

「重い愛情は苦手ですか？」

やたらと真剣な眼差しで言われて、首を傾げた。重たい愛情？

「んん……慣れては、いるのかな」

だって、「あんな」じゃないお姉ちゃんは想像できない。いや、そろそろ妹離れしてほしいな～とは思っているんだけれど。……無理かな？

「よかった」

桔平くんは軽く頷く。

どの辺がよかったのかなぁ。

でも、と私はこっそり息を吐く。面倒くさい、とか思われてなくてよかった……

そのあとふたりでベッドに入って、横になる。ぎゅうっと後ろから抱きしめられて、ほかほかあったかい。

「最近、冷えてきたよねぇ……」

「ですね」

アサヒさんあったかいです、と首筋に顔を埋《うず》められる。くすぐったい。

桔平くん、寒がりなのかな？

筋肉質なくせに、って笑っていると、ぐっと腰を引かれる。

「……わ」

「すみません、つい」

太ももに当たっている、桔平くんのおっきくなってるのが……

「アサヒさん」

切なそうな声で呼ばれて、やわやわと胸を揉まれる。

「……っ、んっ」

「嫌ですか？」

「や、じゃないけど」

同じ家にお姉ちゃんがいるんだから、声は我慢しなきゃだ……

桔平くんのキスがうなじに落ちてくる。ちゅ、ちゅ、と繰り返されるリップ音。

「すみません、堪《こら》え性がなくて」

「……っ、う、ん」

でも、と桔平くんは続ける。

「アサヒさんがあったかくて柔らかいのがいけないと思います」

「ぅえ、そんな、ひゃっ」

するり、とパジャマに入ってくる大きな手。胸に直接に触れられて、捏《こ》ねるように揉まれる。

「っ、ふぅ、……っ」

胸、本当に揉まれておっきくなるのかなぁ。今度論文検索してみようかな。そもそも、そんな論文あるかなぁ？　でも本当だとしたら、これ以上大きくなるのはヤだなぁ……なんて思っていたら、きゅっと先端を摘《つま》まれる。

「……っ、」

シーツを強く握った。肩で息をする。

こ、声が出せないのって辛いんだね!?　気持ちいいのが逃せない。

桔平くんが私の耳を、かぷりと噛むと、身体は小さく震えた。ふ、と息をついて甘い感覚に耐える。

桔平くんは、そのまま舌で耳の溝をちろちろと舐めながら、ため息をつくように言った。

「我慢してるアサヒさん、めちゃくちゃそそりますね」

「……！」

や、やっぱり桔平くん、苛《いじ》めるの好きな人なんだな!?

翌朝、お姉ちゃんは桔平くんを威嚇《いかく》しながらフランスに帰っていった。私はほっと一仕事やり終えた感覚になりつつ、甘く重く怠《だる》い腰を抱えて大学に向かう。桔平くんのせいです。

今日は大学にある動物病院で診察の応援があるので気を引き締めた。大学付属の病院は、基本は臨床の人たちで回しているけれど、学会があるとかで、人手が足りないのだそうだ。

さっそく診療が始まったのだけど――私はこっそりと、目の前で全身をクネクネしている女性を興味深く眺めていた。

「えぇーっ、でもでもぉっ、牛さんやとりさんがかわいそう～～」

どうしてこんなにクネクネするんだろう。でも、わざとらしい動きからして、何か明確な意図があるようだ。

「かすみぃ、動物さん食べるのってかわいそうでぇ～」

ちなみに彼女がクネクネとしたまま見上げているのは、一緒に応援に来ている三島さんだ。私には目もくれない。

なんとなく目を向けた窓の外では色づいた銀杏《ぎんなん》が、秋の陽に照らされて金色に輝いていた。ぼーっと、それを眺める。……銀杏《ぎんなん》、落ちてたら拾いたいなぁ。食べすぎると中毒になるけれど。

「……泉崎《いずみざき》さん。ネコは肉食の動物です。レタスだけ食べて生きていける生き物ではないんです」

死んだ目をした三島さんが、その女性――泉崎さんに言い聞かせるように言う。このやりとり何回目かな。患畜は栄養失調で連れてこられた若い白ネコだった。名前はプラン。事情を聞いたところ、泉崎さんはこの子に野菜しか与えていないことが判明した。

泉崎さんは菜食主義者なのだろうか。個人でやるぶんには別にいいと思う。宗教上の理由とかもあるだろう。泉崎さんは、動物が死ぬことに忌避感がある優しい人みたいだし、尊敬する部分もあるけれど……正直な話、完全肉食のネコにその価値観を押し付けるのは、オススメできない。

ていうかダメだ。ネコちゃん、死んじゃう。

「でもぉ、お野菜も食べるし。かすみ、ちゃあんとSNSでメニュー見てぇ、手作りのぉ」

「キャットフードか、手作りするならお肉入りのものにしてください。……棚倉、手作りフードのコピーとってもらっていいか」

鮫川です、とはさすがに言わずに、私は書類立てから若いネコ向けの食事メニューが印刷されたA4サイズの用紙を取る。

「どうぞ」

泉崎さんがびっくりしたように私を見る。おお、完全に私の存在に気が付いてなかったな!? 泉崎さんは何も言わずに、その用紙をひったくるように受け取った。そしてメニューを見て「ひっ」と息を呑む。

「せんせっ。鶏肉ってあるぅ。とりさん、殺されちゃうんですよぉ～？」

ウルウル、と大きな瞳を潤ませて、両手を組んで三島さんを見上げる泉崎さん。

「とにかく、プランちゃんは今日から入院させます。……いいですね？」

「ええっ」

三島さんの言葉に、泉崎さんは目を見開く。

「入院～？　栄養剤とかもらえたらぁ、それで――」

「栄養失調で、網膜に影響が出ています。このままだと失明します。貧血の度合いもかなり高いです」

診察台の上には、ふわふわの毛並み……だっただろう、真っ白なネコ。まだ一歳くらいのはずだ。毛並みに艶《つや》がない。目もうつろ。元気がないのは貧血がひどいせいなんだろう。かわいそうに、と思ってしまう。

「入院……ってぇ」

ぴたっと泉崎さんがクネクネを止めた。

「三割負担、ですかぁ？」

「全額自費ですね」

三島さんは、やっぱり死んだ目をして答える。

「……んー、じゃ、今日はいいですぅ」

「は？」

三島さんがぽかん、と泉崎さんを見た。泉崎さんは困ったように、パーマが綺麗にかかった艶々《つやつや》の茶髪を弄《いじ》る。その指先は、綺麗なネイル。

「今、お金ないんでぇ、いいです」

「でも泉崎さん……プランちゃん、治療しないと、このまま……」

私は思わず口を挟む。

確かに、動物は治療費の関係で飼い主が治療を諦めることがある。けれど、泉崎さんの口調は悩んで諦めるとかじゃなかった。

今日はお金ないからやめとくわ～、みたいな、買い物をしているようなトーンで、表情も変わらない。泉崎さんは、私を見もせず続ける。

「え～？　じゃあ引き取ってください。あなたのネコにしてください。それならいいでしょ？　勝手に治療しちゃってくださぁい」

「は……？」

意味が理解できない。ええと、この人、なんの話を……？

「かすみ、もうこの子、いらないかな」

その言葉に、三島さんが肩を揺らした。私もさすがに言葉が出ない。

「じゃ、かすみ、今からお仕事なんでぇっ」

にっこりと笑って、泉崎さんは荷物置きから鞄を取った。一目でブランド物と分かる、それ。

そうして、くるっと踵《きびす》を返す。

「いや、あの、ちょっと、泉崎さん!?」

引き留めようとした三島さんを振り切って、そのヒールでどうやって!?　という速度で泉崎さんは診察室を飛び出ていった。

「……っ、追いかけてきます！」

慌てて私も追いかけるけれど、泉崎さんヤバイ。速い。

「泉崎さぁあん、し、診察代ぃ～！」

プランちゃんの今後についてはともかく、とりあえず今日の診察代だけでもと思ったけれど……

ダメだ。追いつけなかった。

私は肩で息をしながら診察室に戻る。

三島さんは、プランちゃんをブランケットに包んであげていた。

「す、すみません。あの人足が速くて」

「いや……どうする？」

プランちゃんが小さく「にゃぁお」と鳴いた。胸がぐっと痛む。

「……治療費、とりあえず、私……出します」

目の前で弱っている小さなネコ。治療は無償ボランティアでやってるわけじゃない。どうしてもお金がかかる。こんなことをしても、キリがない。

でも、……でも。

三島さんがふっと笑って肩をすくめた。

「……割り勘な」

「み、三島さん」

性格は悪いけど、いい人だ……！

「と、まぁ。今日はそんなことがありました」

私は目の前でジュウジュウ焼けている肉を見ながら、桔平くんにそう報告した。

桔平くんは三秒ほど眉根を寄せて、それから「警察へは届けないんですか？」と尋ねる。

「ううん、とりあえず迎えに来るかもだから。様子見しようって」

「そうですか」

今日は金曜日。桔平くんからお誘いがあって、ちょっと遅い晩ご飯だけれど、焼き肉デートをしている。

「あのさ、桔平くん。……好き？　私は好きなんだ」

ちょっと上目遣い気味に、慎重に聞いてみた。

嫌いだったら、飼えないから。

「……!?」

桔平くんはなぜかビールを喉に詰まらせて、げふげふと咳をした。

「わ、大丈夫!?」

「大丈夫、です……っ、ええと、その」

「だから、ネコ。好き？」

もしかして、もしかしたらだけれど……私はあのネコちゃんを引き取るかもしれない。

「ああ、ネコ……はい、ネコ」

桔平くんはなぜか遠い目をした。それから頷く。

「俺は好きです」

桔平くんは私を見つめたまま続ける。

「ただ、ネコは俺を好きではありません」

「あはは、そんな。分かんないよ？」

「いえ、分かります」

桔平くんは断言した。

なんでそんなにはっきり言えるのかなぁ、と桔平くんを見つめると、その肩の向こう、少し離れた席に……泉崎さんを発見した。

「え？」

ぽかん、と見つめる。あれ？　あれ？　泉崎さん、菜食主義者なんじゃ？

でもすぐに違うと分かる。デートだろうか、少し年上っぽい男性とふたり、向かい合わせに座っていた。そして美味《おい》しそうにお肉を頬張っている。

……頬張っているよね？　ていうか、すっごい……食べてる。

「お、お肉好きなんじゃぁん！」

思わず小声で突っ込んだ。なんでネコにはお肉あげなかったの!?　なんでなの!?

「どうしました、アサヒさん」

「……なんでも……」

とはいえ、今声をかけるわけにはいかない。しらばっくれられたら終わりだし、それでプランちゃんを迎えに来なくなっても困る。

桔平くんが私の視線の先に目をやった。そうして戻して、首を傾げる。

「どうしたの？」

「いえ」

桔平くんは「うーん」という顔をして、首を横に振った。

「見たことがあるような人が……けれど、思い出せません」

「世の中には三人、似た人がいるって言うもんね」

桔平くんと泉崎さんが知り合いとかいうオチがないといいんだけれど。

桔平くんの様子を窺《うかが》うと、彼はお肉を焼いては私のお皿に載せている。

「桔平くん、食べないの？」

「食べてますよ」

そう言って、なぜだか桔平くんはお肉を「あーん」してくる。なんだか分からないまま、とりあえず私はそのお肉を咀嚼《そしゃく》した。

世の中、知らなきゃよかった、ってことが時々起きる。

文系の友達なんかはミトコンドリアがかつて細菌だったことを知って、たいそうショックを受けていた。ええきもい、細胞の中に変な虫がいるってこと？　みたいに。そもそも虫ではなく祖先が細菌なだけなんだけど、身体に取り込まれて犠牲となったミトコンドリアのためにも、我々は一生懸命に生きていかねばならないのである……とまあ、それはいいとして、知らないほうがよかったことといえば、私の場合は「メガネザル発言」だろうか。でもあれを知らなければ、私はすっかり騙されていたのかもしれないので、聞いてよかったと思う。

でも、これは――聞かなきゃよかったなぁ。というか、知りたくなかった。

私は振袖姿で、ぼうっと目の前で赤く色づき始めている葉っぱを見つめた。多分、イロハモミジだ。秋の陽射しは、柔らかくて眩《まぶ》しい。

それを眺めつつ、やっぱりなぁ……と目を伏せた。うん、分かってた。

無意識に、まだ何も嵌《は》まっていない左手の薬指を撫でる。

あの日、桔平くんの義姉である美保さんに会ったあと、作りに行った結婚指輪。もうすぐ出来上がるそれを、私はどんな気持ちで受け取ればいいんだろうか。

秋が少しずつ深まってきた今日、都内の老舗《しにせ》ホテルで両家の顔合わせがあった。

顔合わせ自体は、恙《つつが》なく済んだ。懸念していたお姉ちゃんの暴走も最低限だった。少々スキンシップが過剰だったとは思うけれど。

それにしても、美保さん、やっぱり可愛い人だったな。桔平くんの一番上のお兄さん、修平さんの奥さんだ。フワッとした雰囲気の、優しげな女性。結婚してずいぶん経つらしいけれど、修平さんとは仲睦《なかむつ》まじそうな感じだった。きっと、劇的な恋愛を経ての結婚だったに違いない。

いいなぁ、と目の前の紅葉をつつく。揺れる、細い枝。

私がひとりでこんなところ――顔合わせがあったホテルの日本庭園で紅葉をつついているのには理由がある。

聞いちゃったのだ。聞いてしまったのだ。

桔平くんと一緒にうちの家族をホテルのロビーで見送ったあと、私はトイレに行った。戻ると、ロビーで桔平くんと、桔平くんの弟、純平くんが何やら話し込んでいた。これがまた目立つこと！　ふたりとも背が高いし、がっしりしてるし、そもそも顔がいいしでめちゃくちゃ目立っていた。

私はやたらとでかい……壺？　花瓶？　の裏手からそちらへ向かおうと、歩き出した。花瓶にはススキやら菊やらが上品に生けられている。それを眺めながら歩いていると、ふと耳に入った言葉に足を止めた。それは純平くんの声で――

『桔平、ずっと美保さんのこと好きだったからな』

足元がぐらりとした。桔平くんの顔は見えない。

そっ、と私は紅色の絨毯《じゅうたん》の上を後ずさる。

やっぱり、そうだったんだ。

結婚指輪を買いに行った日――美保さんと会話する桔平くんの赤く染まった目元が、まざまざと脳裏によみがえる。微《かす》かに呼吸が荒くなって、私は慌てて庭園に飛び出した。

外の空気でも吸えば、少しは落ち着くはずだ。

だって——あの日ふたりを見てから、薄々予想はしていたことだったから。ポーカーフェイスな桔平くんが、あんなに表情を変えるだなんて。……叶わない恋のお相手は、お兄さんの奥さんだったんだ。

私は秋空の下を、さくさくと歩く。空には鰯雲《いわしぐも》が千切《ちぎ》れて飛んでいた。秋の晴天。私の心は土砂降りなのに、ひどいよねー。すっかり晴れちゃってさ！　なんて心の中で唇を尖《とが》らせた。

「……もう戻らなきゃかなぁ」

ぽつりと呟《つぶや》いた。いくらなんでも探されてるかも。スマホとか入ってる鞄、桔平くんに預けてきちゃったし。

そういえば桔平くん——……今日は、朝から機嫌よかった。もしかして、美保さんに会えるからだったのかな。そう思ったら、胸の奥がぎゅうっと切なく苦く痛んだ。

「え、嘘」

ぽたん、と涙が眼鏡のレンズに落ちた。

嘘だ。私——泣いてる。

「ど、どうしよう」

眼鏡を外して、握りしめていたハンカチで慌てて拭う。でも、拭っても拭っても、涙は全く止まらない。情緒不安定もいいところだ。なんとか泣き止んで、ロビーに戻らないと……と焦りつつ、眼鏡をかけ直す。

直後、手首を掴《つか》まれた。

「……っ、えと、あれ？」

見上げた先に、なぜか三島さんがいた。きっちりスーツで、手には白い紙袋を下げている。

「棚倉？　どうした？　こんなところで、その」

「いえ、どうしたもこうしたもないんですけれど」

泣きながら、ぼんやり考える。

「……あ、例の懇親会、ここだったんですか」

いくつかの大学が協力して開催している、研究会。その懇親会が今日あるのは知っていた。出張に行く若松教授の代理で、三島さんが出ることになっていたのも。

「そうだけど、……そうじゃなくて。なんで泣いてるんだ？　今日顔合わせだって言ってたよな。その……旦那さんとなんかあった？」

一気に言われて、私は息を呑む。

桔平くんと、何かあった——わけじゃない。じゃないけれど。

ぼとぼと、と勝手に涙が溢れる。

「——そうなのか？」

「違、います！　……っていうか」

ともすればしゃくり上げてしまいそうになるのを我慢しながら、私は言う。

「泣いてません」

「泣いてるだろ……」

「目にゴミが」

「じゃあ見せて」

「もう取れました！」

手を振り払いたいのに、三島さんがぎゅっと私の手首を握ったままなのでそれも叶わない。

「先輩には、関係な――」

「ある。棚倉にはなくても、オレには」

三島さんが私の手を離す。目線がかち合う。真剣な顔で見つめられたまま、私は動けない。

「好きだから」

「……え」

「棚倉が好きだから。好きな人がこんなふうに辛そうに苦しそうに泣いてて、放っておけるほどオレ、大人じゃない……」

意味が分からなくて、ただ一歩、後ずさった。メガネザルって、地味メガネザルって、言ってたのに。好き？

混乱していると、突然、後ろから手を引かれる。

そうして、誰かの腕の中に抱きとめられた。振り向かなくても、それが誰だか分かるくらい、あっという間に馴染んだ身体。

「……え、と」

私は振り返って見上げた。太陽が逆光で、その顔は見えないけれど――

「妻に」

低くて、掠《かす》れた声。

「妻に何をした」

桔平くんの声。多分……本気で怒ってる声。

びっくりしすぎて、涙が引っ込んだ。私を抱きしめる手にはかなりの力がこもっている。

「なん、で」

なんでそんなに怒ってるの？　三島さんは三島さんで、桔平くんを睨《にら》んでるし。

「それはこっちの台詞《せりふ》だ」

三島さんは怯《ひる》むことなく、桔平くんに言い返す。

「あんなふうに泣かせるんなら、こっちだって遠慮しない」

「何を言っている？」

「だからアンタのせいだろうって言っているんだ」

ふたりは一歩も譲らない。私はそれを見ながら、自分がどんどん冷静になっていくのを感じていた。そもそも、私は物事にあまり感情が左右される人間じゃないというのもあるし、すっかり私が蚊帳《かや》の外になってしまった感があるのも一因だろう。相手がパニックになっていたり、頭に血が上っていたりすると、かえって自分は冷静になる現象――あれに名前ってあるんだろうか。

ふと視界に入った空では、鰯雲《いわしぐも》がさらに千切《ちぎ》れて流れていく。

涙はとうの昔に引っ込んだけれど、当事者の私を置いて、どうしてこのふたりはさらにヒートアップしているのだろうか。桔平くんはぎゅうぎゅう抱きしめて放してくれないし、三島さんは悲しそうな顔をしている。

「棚倉……っ、オレ、中学のときにひどいこと言った。地味メガネザルって、……でもあれは――」

「アサヒさんに失礼なことを言った犯人はあなたでしたか。その言葉のせいで、アサヒさんがどれだけ傷ついたと思ってるんだ」

私は、むむむと眉を寄せた。

なんなんだ、この人たちは。私をダシに勝手に言い争って、でも私は微妙に外野で。

だんだんとこの状況に――ムカついてきた。

私は、ばしん、と桔平くんのお尻を叩く。

「……っ、アサヒさん？」

驚いている桔平くんの腕を掴《つか》んで、私の方に顔を向けさせる。

「お尻ぺんぺんだよ！」

「……!?　お尻!?　えっ!?」

桔平くんのここまでの驚き顔は初めてで、ちょっと溜飲が下がる。

「私が泣いてたのは！」

「は、はい」

桔平くんが戸惑うように視線を揺らしながらも、返事をする。

「桔平くんが、他に好きな人がいるのに私と結婚したから！」

「……え？」

桔平くんが心底不思議そうに私を見る。……知らないと思ってるのか！　ムカつくな、ほんとに！

「結婚！　誰でもよかったにしたって、私にだってプライドあるよ！　せめて態度には出さないでよ」

口に出して、ようやく気が付く。そうだ、私にだってプライドあるぞ！

「ずっと好きだったのって美保さんなんでしょ」

「っ、え……？　ち、違います」

半ば呆然として首を横に振る桔平くんに、私はキッパリ言ってやる。

「嘘！　だって、さっき純平くんが」

「純平……あれは、そうじゃない。アサヒさん、聞いてください」

「やだ！　それに、美保さん前にすると桔平くんなんか赤面するし！」

「それも誤解です！　……っ、アサヒさん！」

両肩を掴《つか》まれて、桔平くんを見上げた。

真剣な眼差しはいつも通りまっすぐで、私は戸惑う。あれ？

「……確かに、俺は美保さんに憧れてました。中学のときから、しばらく。純平が言っていたのはそれです」

「……中学？」

中学生？　ええと、結構前だな。なんか思ってたのと違う……？

「でもそれは単なる憧れであって、恋とかそういうのとは違ったというか」

「……あ、そうなの？」

「はい」

桔平くんはキッパリと頷いた。到底、嘘をついてるとは思えない表情。

恋、じゃない？　桔平くんは美保さんに、恋してるわけじゃ——なかった？

「俺が美保さんに対して、何か特別な感情を抱いているとかいうのは、……アサヒさんの誤解です」

「でも、赤くなってたよ！」

「いつですか？　今日？」

今日？　今日は、そんなことない。——あれ？

「えっと、初めて会ったとき。指輪、買いに行った……日」

「あの日は別のことでからかわれたんです。弟みたいなものなんで、俺は」

「……そうなの？」

「アサヒさん」

桔平くんが急に頭を下げた。肩にあった手は、するりと落ちたあと、私の手を握っている。

「誤解させてすみませんでした」

「いや、えっと、あの、その」

「これからも、側にいてくれますか？」

桔平くんが顔を上げた。

目つきは悪いけれどまっすぐな瞳が、懇願するように私を見ている。

「フランスになんか行かないでください」

「フランス？　行かないよ」

どうしてフランス？　どこからフランス出てきたの？　あ、お姉ちゃん？　これ、お姉ちゃんなんかしてるよね絶対！

「俺といてくれるんですね？」

混乱しながらも押されるように頷くと、桔平くんは私の腰に手を回して歩き出す。

「――そういうわけですので」

振り向いて硬い声で言った相手は、三島さんだった。そうだ、三島さんもいたんだった！

三島さんはぐっと眉を寄せて、「ごめんな」といつも通り穏やかに微笑んだ。

「いえ、お騒がせしました」

私の代わりに、桔平くんが答える。急展開すぎて、いまいち頭が追いつかない。

「あの」

なんとかそれだけ口にして、私は固まる。

そういえば三島さん、さっき私に――好き？　好きって言った？　私を？

「考えないでください、アサヒさん」

桔平くんが、掠《かす》れた声で言う。

子どもみたいに、おねだりするような口調。どこか、泣きそうな声にも思えた。

「お願いですから」

「でも」

「アサヒさん」

「このままだと不誠実だよ。好きだって言ってくれたのに」

私にはできないことだ。三島さんは実はすごい人なのかも。

桔平くんは微《かす》かに眉を寄せ、それから私の腰を抱く手からゆっくりと力を抜いた。

「ありがと。先に車に行ってくれてていいよ」

「……ロビーで待っています」

「そう？　気を遣わなくていいのに」

律儀な人だ、と思う。契約結婚なのに指輪を買ってくれて、顔合わせまでちゃんとしてくれて――私が泣いていると……三島さんに泣かされているのだと、息せき切って駆けつけてくれた。

まあ、誤解だったのだけれど。

三島さんは背を向けて歩いていく桔平くんを見ながら、困ったみたいに頭をかいていた。

「ごめんな。旦那さんにも謝っておいてもらえるか」

「いえ、そもそも私の早とちりが原因ですので」

「……立ち入ったことを聞くけれど、恋愛結婚ではない？」

「そうですね。少々事情はあります。ただ特段問題はないです」

美保さんに横恋慕していた疑惑が晴れて、私はちょっと気分が明るくなっていた。

「ところでさっきの、その……」

どう聞けばいいのだろう？　小さく目を伏せて考える私に、三島さんは「忘れてくれない？」と明るく言う。

「それで……いいのなら、そうします」

でも、誰かを好きという感情って、そんなに簡単に消えるのかな。

「……やっぱやだな」

三島さんは眉を下げた。

「棚倉のことが好きです。もちろん、女性として……その、ごめんな、困らせて」

私は小さく息を吸う。彼の気持ちを知ったときは本当に驚いたけれど、きちんと返事をするのが筋というものだろう。背筋を伸ばし、はっきりと答えた。

「ありがとうございます。でも結婚しているのでお気持ちには応えられません」

「……ありがと」

三島さんはゆったりと笑った。どうしてここでこんなふうに笑えるんだろうと、私は首を傾げる。本当に不思議だったから。動物のことも全部分からない私には、ヒトという生き物の機微なんか余計に分からない。

「三島さん、ひとつ質問をしてもいいでしょうか」

「何？」

「三島さんの感情が理解できません。先輩は中学のとき、散々私のこと悪く言っていたじゃないですか。なぜ再会して私のことなんか好きになったんです？」

地味メガネザルだの、おっぱいだけだの。……と、胸の話は先輩の友達だけだったかな？　それはともかく、私は十年以上、彼らの発言が原因で胸が目立たないように気をつけて生きてきたのだ。どうしてあの発言から好きに繋《つな》がったのか、その理由を知りたい。

「あれは、……からかわれて、照れ隠しで……つまり、そのときから、好きだった」

「そうでしたか」

私はちょっぴり目を丸くした。そんな理由だったのか。承服しかねるところはあるけれど、おおむね彼の行動の理由が理解できた。

「不躾《ぶしつけ》な質問をして申し訳ありません。あの、心配してくださったこと、感謝しています」

私を好きとか、そういうのは置いといて、三島さんはいい人だと思う。

「では」

もう一度頭を下げてその場を去ろうとして——またもや手首を掴《つか》まれた。

「っ、あのさ、ちょっとオレからもひとついい？」

首を傾げると、今度はすぐに手を離してもらえた。

「事情がある、ってさっき言ってたよな。この結婚、棚倉……じゃない、鮫川さんは幸せなのか？

それだけ聞きたいんだ」

「とても大切にされてます」

三島さんはきゅっと唇を引き結び、少しだけ何かを考えるように目線を逸らした。その先には紅葉がある。それを見つめたまま、三島さんはまた私の理解できないことを言い放つ。

「妻が泣かされてるって、あんなに必死で怒ってた。ちゃんと愛されているよ、鮫川さん」

だから本当に愛されているわけではないのだけど、三島さんはなんだかすっかり納得し切った顔をしていた。

「泣き止んでよかった。じゃあまた、大学で」

私は手を振る彼に向かって小さく頭を下げた。心配かけたのは本当だったから。

ロビーに戻れば、桔平くんが直立不動で佇《たたず》んでいた。ただでさえ寄りがちな眉がさらにぎゅっと寄って、深いシワを刻んでいる。心配してくれていたのかな。

私は急いで駆け寄り「お待たせ」と声をかける。

「――いえ」

そう答える彼の声はひどく掠《かす》れていた。そして、まるで迷子の子どもみたいな目で私を見つめる。

胸の奥がぎゅうっと痛んだ私は、反射的にその大きな手を取る。

「帰ろ」

そう言うと、桔平くんはようやく眉間を緩《ゆる》めた。深く低い声で「はい」と言う彼の声に滲む感情は、一体なんだったのだろう。

ホテルの地下に停めてあった車に戻るやいなや、桔平くんは私の首に噛み付いた。

「……っ、ひゃあ、っ」

痛いわけじゃない、かぷかぷ噛んでくるやつ。なんなのこの人、噛み癖あるのかな、やっぱり！

べろりと舐めて、次は吸い付いて、もう一回噛んで、それでようやく私から離れた。

「……よし」

桔平くんは満足そうに私を眺める。

「何がよし、なの、……っ」

文句を言おうとした唇は、簡単に塞《ふさ》がれる。口内に侵入した桔平くんの少し分厚い舌に、為《な》す術《すべ》もなく蹂躙《じゅうりん》されて。

「……はぁ、っ」

やっと離れたと思ったら、溢れた唾液をぺろんと舐められた。視線が合う。

ぎらぎらした瞳に、私はなんだか「あ、食べられちゃう」と本能的にそう思って——お腹の奥が、きゅんと疼《うず》いた。食べられたくなって、桔平くんに全部食べてほしくなっちゃって、とろりと蕩けてしまう。

きっと今の私はひどく弛緩《しかん》した——そう、うっとりとした表情を浮かべているに違いない。そんな私の頬を彼は親指の腹で撫で、頭に頬を寄せて口を開いた。

「アサヒさん」

「……ん、なぁに？」

「来月、土曜の夜から旅行に行きませんか」

「旅行？」

きょとん、と桔平くんを見上げた。桔平くんは両手で私の頬を包み、続ける。

「アサヒさんのバイトが終わってから──近場に、一泊二日で。温泉にでも」

「わ、いいいね。どこ行くの？」

「日光あたりはどうですか」

「栃木かぁ、いいねぇ。その頃は紅葉も見頃だろうね」

桔平くんはまじまじと私の顔を見つめたあと、そっと手を離した。離れる体温を少し寂しく思っていると、今度はやけに恭《うやうや》しく私の左手を取る。

「なぁに」

「──いえ」

そう言って、桔平くんはなぜだか私の左手薬指──まだ何も嵌《は》まっていないその指に、小さくキスをした。思わず息を呑んだ。彼の唇が触れたところから、じんわりと全身に熱が拡散されていくよう。

桔平くんはそのまま、ほんの少しだけ、キスしたところに噛み付いた。硬い歯のエナメル質の感触が、妙になまめかしい。

「っ、あ、……桔平くんって、その、噛み癖あるよね？」

顔が熱くなっているのを誤魔化すように、そんなことを聞いてみる。

「俺は毎日アサヒさんを食べてしまいたくて困ってるんですよ」

「……カニバリズム？」

桔平くんは「近いかもしれません」とやや怖いことを言う。

私はというと、そこからなんとなく蟹《かに》を連想してしまって——蟹《かに》、蟹《かに》かあ。

「桔平くん、……スーパー寄って帰っていい？」

今日の晩ご飯はお鍋にしよう。贅沢してちょっとだけ蟹《かに》を追加しちゃおう。心配かけてしまったし、せめてものお詫びだ。


そうして私は日常へと戻る。桔平くんは相変わらず忙しそうで、午前様だったり出張が続いたり、私も私で論文が佳境で死にそうだったり……。三島さんは告白の翌日から普通に接してくれて、大人だなあと素直に思う。

結局研究室に居つく形となっていた白ネコのプランちゃんは、すっかり学内のアイドルと化していた。先明も免《まぬが》れ、すっかり元気になっている。この分だと、そのうち飼いたいと言う人が出てくるかもしれない。

「その前に、どうにか飼い主に連絡取りたいんだけどなあ……」

学生に代わる代わる抱っこされているプランちゃんを見ながら、三島さんが困ったように言い、私もこくこくと頷く。依然として泉崎さんからの連絡はない。電話も、何度か送ったハガキもすっかり無視されていた。

「どうしたもんですかねえ……」

学内でこうやって飼われているより、やっぱり決まった住処《すみか》があるほうが幸せだと思うのだ。場合によっては、一度警察にも届けを出さないといけないだろうし……

そんな日々がしばらく続いて、あっという間に旅行の日がやってきた。目を覚ますと、朝方まで私を抱きしめていたはずの桔平くんがいない。

カーテン越しに入ってくる、朝の柔らかな太陽の光に目を細めた。きっと桔平くんはランニングだろう。休みの日はランニングをするのが彼の日課だ。

「健康的……」

呟《つぶや》きながら、上半身を起こす。とたんに、とろりと自分のナカから何か……何かっていうか、昨日の情欲の残滓《ざんし》が溢れるのが分かった。

「あ、わ」

裸で寝ていたからシーツが汚れる……って、今更か。

身体自体は、どうやら桔平くんが拭いてくれたみたいだけれど。割とあの人、甲斐甲斐《かいがい》しいよね。

……ピルやめたら、すぐ妊娠しそう。

シャワーを浴びながら、そんなことを考える。まぁ、それこそ「授かりもの」だからどうなるかは分からない。でもそうなったら嬉しいなあと私は思う。

けれど——どうだろう、桔平くんは欲しいんだろうか？　……気のせいでなければ、彼は子どもを欲しがってコンドームをつけていない気がしていた。

とはいえ、もう少し先の話だ。まずは論文を完成させなくちゃいけないし、研究のこともあるし、キャリアについても考えていかなくちゃいけないのだ。

服を着て居間に向かうと、桔平くんが帰宅していた。美味《おい》しそうなお魚の匂いが居間を満たしている。

「わ、おかえり。ごめん、シャワー使ってた」

桔平くんに言うと、桔平くんはなんだか眩《まぶ》しげに私を見て、「いえ」とほんの少し頬を緩《ゆる》める。

「先に食べていてください。汗を流してきます」

座卓に朝食をセットしてくれていたので、私は遠慮なく先にいただきますをする。だって出来立てが美味《おい》しいに違いないもの。炊き立てご飯に、葉っぱも入ってる大根のお味噌汁、赤魚の干物、桔平くんのお漬物。

無心で食べていると、よしよしと頭を撫でられた。

「……髪、濡れてるよ」

見上げた先には、シャワーを浴びてきた桔平くん。肌寒い時期なのに、半袖にハーフパンツだ。筋肉があると寒くないのだろうか。しかも、まだ髪が濡れている。急いで出てきたって感じだ。そんなに早く朝ご飯、食べたかったのかな。まぁ朝から走ればね……と、そんなことを考えながら、私は桔平くんを横に座らせる。

そして膝立ちになってタオルを受け取り、桔平くんの髪をゴシゴシと拭く。

桔平くんは、こんなふうにされるのが好きなんだろうな。気持ちよさそうに目を細めて、されるがままの彼は、やっぱりネコみたい。

野良ネコに懐かれてしまった気分――と思っていると、手首を掴《つか》まれてちゅ、と唇にキス。

……恋愛感情ではなくとも、なんらかの親愛の情は示されていると考えていいんだろうか。

お返しに額《ひたい》にキスすると、今度は首に噛み付かれた。いつもの、痛くなくて、甘い――甘く噛んで、強くキスして、そこを舐めて、また噛んで。

ああ、これされちゃうと、なんかもうぐずぐずなんだよなぁ。

「も、ダメだって、ば……」

私の蕩けた声は完全に無視されて、桔平くんは私の全身を噛んだり舐めたりと忙しい。

さっき着替えたばっかりなのに、あっという間に裸にされる。

桔平くんももどかしげに服を脱ぐけれど、なんていうか、――服に恨みでもあるの？　って感じの勢いだった。

「アサヒさん、綺麗です」

ぺたりと座り込んでいた私を抱きしめながら、桔平くんは言う。どこか幸せそうな口調に、胸がきゅんと切なくなる。

私は抱きしめられながら、ふと視線に入ったそれを見つめた。

桔平くんの膝。――まだ痛々しく残る、手術の跡を。

結局のところ、なんやかんや理由をつけられてお風呂で二回目までして——ようやく座卓に並んで座った頃には、朝食はすっかり冷め切っていた。

「いただきます」

ご飯は電子レンジで温め直し、ふたりで手を合わせてお箸を取る。

「そういえば子どもの話、していい？」

「……できたんですか？」

彼の声に少し喜色が混じる。ああやっぱり欲しいのかな。ピル服用中でも妊娠することはある。ごくごく稀《まれ》にだけれど……その可能性を無視しているのは、私も頭のどこかで彼との子どもを欲しがっているのだろうな、とぼんやり考えた。

「……ううん、違う。ええと、先の話なんだけれどね、産休とか育休とかの相談」

「制度上は、子どもが三歳になる誕生日の前日まで育児休業を取得できます。まるまるは難しいかもしれませんが、極力取得できるよう——」

「え、桔平くん休むの？」

私の話をしているつもりだったのに。おそらく次年度も嘱託の研究員という形で残るから、私の収入がほぼなくなるよ、って言いたくて。

その話もすると、桔平くんは「大丈夫ですよ」と小さく笑った。

「それなりに貯金はありますし、それから育休手当も出ます。俺はできれば取得したいです」

はっきりと桔平くんはそう言った。私は小さく「ありがと」と言いながら、なんとなく彼の膝を撫でた。桔平くんの視線が手術の痕に向く。私もつられてそちらを見た。

「痛くないの？」

「日常では少しも」

桔平くんは淡々と答えるけれど――時々、思い出す。あまりに痛々しかった、出会ったときの彼のことを。思わずおにぎり押し付けてしまうレベルで、彼は悲壮な顔をしていた。

「毎日、コメを食べていますから。とても元気です」

桔平くんは綺麗な箸遣いで白米を口に運びつつ、言う。

「なら、よし」

私もご飯を食べ始める。あったため直しただけれど美味《おい》しい。どんなときだって、お腹は空くのです。

「今日、桔平くんはどうするの？」

ご飯をお代わりしながら聞くと、桔平くんは少し考えてご飯を飲み込んだ。

「道場に顔を出そうかと」

「はぁい」

競技としての空手はもう無理みたいなのだけれど、桔平くんは今も時々道場へ通っている。本人は趣味レベルとは言うものの、いつか見てみたいなぁ。

「アサヒさんのバイト終わりに、直接迎えに行きます」

「多分ね、五時半くらいかなー」

平静を装《よそお》ってそんな話をしつつ、実は私、ものすごく旅行が楽しみだったりしている。

今日の夕方にこっちを出て、日光の旅館に泊まるとのこと。プチ新婚旅行みたいじゃない？　なんて思っているのは内緒だけれど。

午前中は庭仕事をふたりでして、お昼前にそれぞれ家を出た。

バイト先は二十四時間やっている大きな動物病院だ。他の病院に比べるとエキゾチックアニマルの比率が高め。私の専門はそちらだから、病院からはありがたがってもらえている。中には、あまり個人で飼うべきではないと思う生き物もいるけれど……。まあ私の脳内の葛藤はさておき、メインの患畜はやっぱり犬猫だ。

彼女を見かけたのは、今日も慌ただしく対応を終え、これから旅行だってわくわくと事務室から外の駐車場を覗いたときだった。

「あれ？」

迎えに来てくれた桔平くんが車から降りると、ちょうどそこにひとりの女性が現れた。綺麗に巻かれた茶髪、高いヒールの少し派手めな美人さん——

「い、泉崎さん!?」

なんで動物病院《こんなとこ》に!?

まさか、他にも生き物飼ってるとか……!?　彼女の手にはペット用のキャリーケース。リボンなんてついていて……、え？　え!?

しかも泉崎さん、なぜか桔平くんにものすごくいい笑顔で話しかけている。

「なんで！　えっと、知り合い!?」

「先生、どうしたんです？」

事務員さんが心配してくれるけれど、私は窓から目が離せない。

桔平くんはしばらく考えたあと、小さく頷いて——ものすごく無表情だったから安心した。でも、なんだか知り合いっぽい！

私はしばらく呆然としたあと、事務員さんに尋ねた。

「す、すみません。あの人、あの綺麗な女の人って——」

「……あ、うわ、すご！　すみょみょんだ！」

「すみょみょん？」

「知らないですか？　ＳＮＳの、インフルエンサーの！」

事務員さんはややテンション高めに教えてくれる。え、泉崎さんって有名人なの？

「フォロワーが十五万人くらいいるんです」

更なる事務員さんからの情報に、思わず目を剥《む》く。それはすごい。すごいけど、それはどうでもいい。

「熱狂的なフォロワーさんたちは、みょみょん姫って呼んでますよ。ていうか、自分でも」

「みょみょんひめ……」

噛みそう。

「最近、動画も上げてるんですけど。やっぷぅやっぷぅ、みょみょーんひめだよぉ～って。ムカつくけど可愛いんですよね～」

事務員さんがわざわざものまねしてくれた。手はグーで、両頬に押し当てているポーズだ。

「やっぷぅ」ってなんだろう。挨拶《あいさつ》の一種だろうということは推察できるけれども。

「メイク動画とか、すっごく参考になるし。なんていうか、可愛〜い生活してるんですよね。いいなぁ」

というか、まぁ……そうかぁ、と頭のどこかで思う。

あれくらい可愛かったら、自分に「姫」がつくことに抵抗ないんだろうなぁ。私なんか、未だに「亜沙姫」って名前に馴染めていない。本名なのに。ちなみに、私をお姫様扱いするのは、この世界で両親とお姉ちゃんだけだ。

「先生、知らなかったんですか？　じゃあ、なんでさっき気にしていたんです？」

「色々ありまして……その、すみょみょん？　さんが、何連れてきたか、あとで聞いていいですか？　その、健康状態とか。ちょっと事情があって」

両手で拝んでお願いして、それからバトンタッチする先生にもお願いしておく。

バイトが終わり、私は病院の裏口から出て、こっそり駐車場に回る。泉崎さんがちょうど病院に入るところが見えて、ほっと息をついた。

……プランちゃんのこと、迎えに来てくれる気あるのかなぁ。

このままだと、本当に警察に届けなきゃいけなくなってくる。とはいえ、今は若松教授が様子見していいと言うから待っている状態だ。あの人も人がいいからなぁ。

ただ、確かにプランちゃんは栄養状態は悪かったけど、外傷はないし爪や目やになんかのケアもきちんとされていた。プランちゃん自身も、泉崎さんに懐いてはいたみたいだし。本当に問題はそこだけだったのだ。謎の野菜食問題……本人はお肉好きみたいだから、かなり謎だ。

「アサヒさん、お疲れさまです」

桔平くんに話しかけられて、ハッと彼を見る。

駐車場のやたらと明るい照明の下で、桔平くんが寒いだろうに立って待っていてくれた。

「あ、迎えに来てくれてありがとう」

私はお礼を言いつつ、ちら、と病院の方を窺《うかが》う。

「いえ……どうしました？」

「いやー、その……さっきの人、知り合い？　髪の長い、ふわふわパーマの」

車に乗り込みシートベルトをしながら、私は探るように桔平くんを見上げた。

「大学の後輩……というほどでもないですね。なんと言えばいいのか」

「え、後輩？」

桔平くんの後輩なら、私の後輩でもあるんだけれど、大学で見かけた覚えはない。まぁ、キャンパス自体が理系と文系じゃ違うのだけれど。

「他大学なんですが、一時期部活に顔を出していたマネージャー候補……？　のような」

首を傾げて言いつつ、桔平くんもシートベルトをして、エンジンをかけた。ゆっくりと車を動かして、駐車場から出る。

「空手部のマネージャーをしていたの？」

「結局すぐ来なくなったんです。アサヒさんは学部生の頃、部活とかサークルとかは」

「あー、そういうの合わなくて」

そうですか、と桔平くんはなんだか納得したように相槌《あいづち》を打つ。失礼だなぁ。

「他大学から、部活やサークルにだけ入りに来る女子、見かけたことなかったですか」

「ああ」

文系キャンパスの近くには、いくつか私立大学が存在していた。そのうちのひとつ、「可愛い女の子」が多いと話題の女子大の人たちが、うちの大学までサークルに入りに来ていたのだ。わざわざうちから勧誘に行くとかいう話も聞く。

行動学的には、とても興味深い。ヒトに当てはめていいかは分からないけれど、より「自分にとっていい繁殖相手」を探している、ということなのだろうか？　社会行動のひとつってことで……？

私はひとりで納得して頷く。

「サークルと違って、部活のマネージャーはうちの学生じゃないとダメなので。とはいえ受け入れないわけではなくて、まぁ候補みたいになるのが不文律というか」

「へぇ～」

そんな文化があったとは……。部活に一切近寄らなかったから、全く知らなかった。

「さっきの、……かすみさんは、そのひとりで」

「……へぇ～」

「なんですか？」

「いえいえ？」

なんで下の名前で呼んでるのかなあ～という嫌味を口にするのは我慢して、車窓を眺める。

「……苗字を知らないんです」

察したらしい桔平くんは淡々と言う。

「存在自体忘れていたので。さっき、下の名前だけ名乗ってきましたけど」

「……そー」

あ、なんか恥ずかしい。ヤキモチ妬いてたのバレたかな？

ちらりと見上げるけれど、もうすっかり暗くて、その表情は分からない。

桔平くんはぽつり、と口を開く。

「あの。なんで気になったんですか」

「何が？」

「俺があの人と話していたことが」

「あー、あの人とはね、浅からぬ因縁が……」

私は泉崎さんとのアレコレを説明する。病院内のことなので、ざっくりとした経緯だけだけれど。

「それで知り合いかと思って。でも、なんでそんなことが気になったの？」

「いえ、気にしないでください」

桔平くんはそう答えたあと、私をちらりと見た。

「寝てていいですよ」

「え、悪いよ。日光まで二時間くらいでしょ？　起きてるよ」

私は首を横に振るけれど、赤信号で車を止めた桔平くんは私の額《ひたい》にキスをする。

「わ」

至近距離に、桔平くんの整った顔。

暗い中で、目がぎらぎらしてるのが分かる。どうしたんだろうと首を傾げた。

「あまり」

少し掠《かす》れた声で彼は話し出す。

「夜、寝かせる気がないので――今寝ていた方がいいですよ」

「……寝ッ」

真っ赤になっているであろう私からすっと離れて、桔平くんが小さく笑った気配がした。

四章（side 桔平）

少し前の話だ。亜沙姫さんのお姉さんと初めて会った日の、夜のこと。

水を飲もうと居間まで行くと、話し声がした。秋の夜風を感じるように掃き出し窓を開けて、お姉さんが誰かと通話しているようだった。聞かないように居間を抜け、台所へ向かう。

ハンズフリーにしてあるスマートフォンから漏れ聞こえる相手の声は、女性のようだった。

フランス語だというのはなんとなく分かる。単語程度しか知らないが、そもそものすごく早口で捲《まく》し立てる彼女の言葉は、よほど堪能でないと聞き取れないだろう。

台所で水をコップにつぎ、申し訳ないが、通らないと寝室に戻れないため居間に戻ると、お姉さんはやたら甘い声でスマホに向かって告げた。

「Je t'aime《愛してる》」

そうして甘やかな雰囲気に包まれて、通話が切られた。俺に気が付いたお姉さんは、肩をすくめる。

「パートナーに何も言わないで帰国したから、ガチギレされたわ」

「そうでしたか」

そりゃそうだろう、と思いながら、一方で羨ましくも思った。愛してる、とお互いに伝え合える、その関係が。俺はみっともなく……バレないように気を遣うことしかできないのに。バレそうになって、自分勝手な行動を取るような、みっともない男なのに。

「毎日」

お姉さんは畳に座り込んだまま、俺を見上げて言った。

「伝えてる？　亜沙姫に。愛してるって、俺だけのお姫様だよって。いや、アンタのじゃないけど」

アタシのだけど、とお姉さんは目を眇《すが》めた。敵意がすごい。姉ってこんな感じなのか。

嘘はつけないと、なんとなく思った。

開いた窓から秋の風が入り込む。それが、さわりと頬を撫でた。夜の金木犀《きんもくせい》の匂い。

庭でコオロギが鳴く。月は出ていないようだった。

その静けさにやけに緊張して、ごくりと生唾を呑み込む。

「伝えられてないです」

「いっくじーなしー」

お姉さんは思いっ切りバカにした顔をするけれど、その通りなので甘んじて受け入れる。

「返す言葉もありません」

「……そう素直になられると、調子狂うわね」

座りなさい、とお姉さんはぱしぱし、と畳を叩く。正座して向かい合うと、お姉さんはスマホを弄《いじ》る。

「お姫様が来たと思ったの」

静かに彼女は語り出した。

「ママが亜沙姫を産んで、退院してきた日。フリフリの可愛いおくるみに包まれて、亜沙姫が目の前にやってきたとき」

お姉さんが見せてくれたのは、まだフニャフニャの赤子の亜沙姫さん。印刷された写真を、スマホで撮り直したものだろう。

「この子は一生かけてアタシが守り抜かなきゃって、そう思ったの」

こんなに可愛い妹ができたら、そう思うだろう。心から納得して頷く。

「アンタにとって、亜沙姫は何？」

「……大切な人です。宝物です。……お姫様、です」

こんなことを言って、亜沙姫さんに伝わってしまわないだろうか？

けれど、きっとお姉さんはわざわざそんなことは言わない気がした。

「ふーん」

お姉さんは立ち上がり、俺を見下ろして睨《にら》みつける。

「あの子泣かせたらフランスに連れていく。傷つけたら二度と会わせない」

「……肝に銘じておきます」

「おやすみぃ」

ひらひら、と手を振って、お姉さんは客間へ歩いていく。

俺は小さく息を吐いて、目を閉じた。

「フランス、か……」

遠いな。

りぃりぃ、と、金木犀《きんもくせい》の匂いに包まれた庭で響く虫の声が、やけに耳に残る。

翌朝、お姉さんは大騒ぎしながらフランスへ帰っていった。

その後迎えた、両家の顔合わせの日。俺は軽率な行動で亜沙姫さんを泣かせてしまって——でも彼女は俺の側を離れないと言ってくれた。約束してくれた。少しでも喜ばせたくて笑わせたくて、旅行の提案をしてみれば、亜沙姫さんはふたつ返事で了承してくれる。

「楽しみだね」

亜沙姫さんの嬉しそうな声が、俺の心臓を震わせる。

世界一愛しい「お姫様」が隣で笑っていてくれることが、心臓が壊れそうなほどに幸せだった。


そして、当日。

結局すやすや眠ってしまった亜沙姫さんを、旅館の駐車場で起こす。あんまりにも幸せそうに眠っているから、正直起こすのがかわいそうなくらいだった。

「……っ、はっ、寝てた！」

「ヨダレついてますよ」

ほんの少し、口の端にあった涎《よだれ》。亜沙姫さんは真っ赤になって、ハンカチで慌てて拭いていた。なんだこれ、可愛い。しっかりと網膜に焼き付けておく。

チェックインしたあと、バタバタと夕食をとる。旅館の和食料亭で、メニューに目を輝かせる亜沙姫さんを見て、俺は目を細めた。

「ごめんね、私のバイトがなければ、部屋食の懐石料理も頼めたんでしょう？」

チェックインを二十時半にした関係で、部屋食の予約はできなかったのだった。

「桔平くんだけ先に来てさぁ、ゆっくり食べてくれていてもよかったんだよ」

「いえ、それだと旅行の意味が……」

あれを渡したかったのと、亜沙姫さんとゆっくり……というか、いちゃいちゃしたかっただけなのだ。秘密だけれど。

「それか先に温泉入って、のんびりしてるとか」

「俺も道場ありましたし」

「あ、そっか」

何かすれ違っている気がする。気がするけれど、お猪口《ちょこ》一杯の日本酒で頬を赤くしている亜沙姫さんが可愛くて、俺は半分思考がどこかへ行ってしまった。

夕食を食べ終わって部屋に戻ると、亜沙姫さんは大浴場へ行く気満々だった。

「おっきぃおーふろー」

「……あの、酔っ払ってはないですよね？」

「大丈夫大丈夫」

ほろ酔いなのか旅行のテンションなのか、大浴場へ行く準備をする亜沙姫さんはかなりの上機嫌だった。

「亜沙姫さん」

「なぁに？」

「……部屋にも露天風呂、あるんですよ」

「へっ？」

亜沙姫さんは驚いたように、大きな掃き出し窓のほうを見る。障子を開けると、少し大きめの檜《ひのき》風呂が湯気を立てていた。

「わ、わ、すごい！　仲居さん、あるって言ってた？」

「言ってましたよ」

部屋に着いたとき、亜沙姫さんはまだ少し眠そうだったから聞こえなかったんだろうか。そうか、寝ぼけていたのか、あれ。可愛い。

「亜沙姫さん」

後ろから彼女にそっと近づく。その細い肩を両手で抱き寄せて、耳朶《じだ》を噛んだ。

「〝おっきいお風呂〟のあとでいいので――あれ、一緒に入ってもらえませんか」

最近、妙な自信がついてきている。亜沙姫さんは、俺のお願いは大抵断らない。……もしかしたら、誰のお願いでもそうなのかもしれないけれど……それはかなり嫉妬するな。まあ、今は置いておいて――

「ぁ、ええと、うん」

案の定、亜沙姫さんはきょときょとと目線をあちこちにやりながら、小さく頷く。

その返事に満足して、ふたりで手を繋《つな》いで部屋を出た。亜沙姫さんは「おっきいお風呂」を楽しみにしていたみたいだから――

……と、俺はその選択をすぐに後悔することになった。部屋の露天風呂だけにしておけばよかった、と。

大浴場は手前が男風呂、奥が女風呂で、明日の朝には入れ替わる。とりあえずさっぱりと汗を流す程度に温泉を堪能して、浴衣に着替えた。

そして、亜沙姫さんと待ち合わせをしていた大浴場前の休憩所へ向かう。

もう遅い時間だというのに、結構な人数が籐の椅子に座り、のんびりと過ごしていた。

自動販売機の前で、何か飲もうと迷っていたら、急に尻を叩かれた。

「亜沙姫さん？」

「こら！　ダメダメだなぁ桔平くん、温泉上がりは瓶だよ、瓶。牛乳瓶だって相場が決まってるの」

振り向いた先にいた亜沙姫さんを見て、目が丸くなる。……煽情的《せんじょうてき》すぎる！

暑いのか、少し広めに寛《くつろ》げられた浴衣の襟元。……上から見ると、思い切り谷間が見えていた。まだほんのり湿り気を残す髪は、軽くまとめられている。後れ毛が風呂上がりの上気した肌に落ちて。薄手の浴衣では隠し切れない亜沙姫さんの肢体が、胸から太ももまでのラインが、くっきり――

ばっ、と周りを見た。数人の男がさっと目を逸らす。

見られた！

いや、別に亜沙姫さんがふしだらな格好をしてるわけではない。ないけれど、俺が嫌だ。周囲の目線から彼女を隠すように身体を動かす俺を、亜沙姫さんは不思議そうに見上げた。

「牛乳、牛乳がいいんですね、亜沙姫さん」

「うん……？」

首をひねる亜沙姫さんの身体をガードしながら、俺は牛乳瓶が並ぶ販売機の前まで向かう。

「私、普通の牛乳」

亜沙姫さんは上機嫌で牛乳のボタンを押す。

「桔平くんは？　フルーツ牛乳もあるよ」

「……コーヒーにします」

俺がコーヒー牛乳を買うと、亜沙姫さんは何の警戒心もなく先ほどの籐椅子が並ぶあたりへ向かう。

……俺の独占欲が強すぎるんだろうか。

ひとまず並んで座って、紙の蓋を開けた。亜沙姫さんはあれだけ豪語していたにもかかわらず、開けるのに苦戦している。ついには蓋の表面だけが剥《は》がれてしまった。

「貸してください」

ぽす、と開けると、嬉しそうに亜沙姫さんは笑う。

「ありがとう」

「――いえ」

亜沙姫さん、時々不器用だけれど、動物の手術とか大丈夫なんだろうか。そこは別問題なのかもしれないが。

こくこく、と亜沙姫さんが牛乳を飲む。

「あ」

口の端から、牛乳が垂れた。

亜沙姫さんは赤くなって「飲み方失敗した！」とすぐにタオルで拭こうとしたけれど――その一瞬の間に、牛乳が胸の谷間に落ちていく。

「……っ」

ハッとして周りを見た。また、さっと目線を外された。自分が凶悪な顔をしている自覚はある。

亜沙姫さんはというと、さっさと拭き終わって続きを飲んでいる。

「亜沙姫さん。飲み終わったら、部屋で少し話があります」

「なぁに、怖い顔して」

不服そうに唇を尖《とが》らせる亜沙姫さんに、俺は叫びそうになる。

そういう顔も可愛いから、できれば他の男の前ではしないでほしい……！

そうして部屋に戻って、敷かれた心地よい布団の上。正座で膝を突き合わせる。説教といえばこのポーズだ。兄貴にもよくされていた。

「亜沙姫さん、もう少し自分が魅力的だということを……いえ、亜沙姫さんが悪いというわけではないのですが」

あんな目で見るやつらが悪い。独占欲で頭がいっぱいになっている俺も悪い。悪いけれど。

「魅力的？　何の話」

亜沙姫さんは眉を寄せて、そんなことを言う。

「自覚がないんですか」

「自覚？　そんなの持ちようが……」

亜沙姫さんは目を泳がせて、眼鏡の縁に触れる。

「地味メガネザルなのに」

「それを言っていた当人が、亜沙姫さんに惚れてたでしょうが」

「あー……？」

いまいちしっくりきていないのか、亜沙姫さんは首を傾げる。ほつれた後れ毛が揺れた。

「……見られていたでしょう」

その言葉に、亜沙姫さんはハッとする。

「む、胸!?」

「胸だけじゃ……亜沙姫さん。下から持ち上げない」

「あ、ごめん」

むぎゅりと両手で持ち上げていたふたつの膨らみを、亜沙姫さんが離す。重力に引かれて「ぽよん」と落ちた。人体からそんな柔らかな音が出ていいのか……？

「最近、気にしなさすぎてたかも」

「いえ、気にしなくていいんです……いやよくない」

「どっち！」

亜沙姫さんがまた唇を尖《とが》らせた。

「そもそも胸だけじゃないです。髪の毛から瞳、唇、首、指先まで亜沙姫さんは魅力的です」

「桔平くん視力悪い？」

「両目とも一・五です」

「うん……？」

納得できません、という顔をしている亜沙姫さんの頬を撫でる。気持ちいいのか、亜沙姫さんはそっと目を細めた。ネコみたいだ。俺だけのお姫様。

「自覚がないなら、ないでいいです。亜沙姫さんらしいですし」

一生側にいて、守るだけ。

「要は何が言いたかったの？」

「亜沙姫さん、ヤバイくらいエロいです」

「何それ、んぐぅ」

唇を重ねる。舌で亜沙姫さんの唇を舐めると、甘えるように薄く唇が開く。

と、慌てたように亜沙姫さんが俺の胸を押す。無理やりに離れていく、愛しい熱。

むっとして見つめていると、亜沙姫さんは「くちゅん」と可愛すぎるくしゃみをした。なんだこれ……。胸がきゅんとする。

くしゃみくらいで萌え死にしそうになっている自分は、なかなかにヤバイのかもしれない。

「あー、湯冷めしたかも」

「……それはお誘いですか？」

「お誘い？」

きょとんとしている亜沙姫さんの、薄い浴衣の帯をするりと解いた。

「わ!?」

「風呂行きますか。あったまり直さないといけませんね」

「あ、うん、それはそうかもだけど、ええっと」

俺も浴衣を脱いでしまう。亜沙姫さんが照れたように目線を逸らす。いつまで経っても慣れない彼女が、健気で胸が痛い。そんなことを考えながら、俺は亜沙姫さんの眼鏡を外して座卓に置いた。

「あれ？」

「眼鏡、曇るでしょう」

「曇るけど、見えないと露天風呂なんて危ないよ」

「大丈夫ですよ」

亜沙姫さんの下着も脱がせて、抱き上げる。

「俺が全部しますから」

「……桔平くんって、面倒見いいよね？」

前々から思ってたんだ、と亜沙姫さんは言うけれど——そんなの、亜沙姫さん限定だ。

軽く掛かり湯をして、亜沙姫さんを横抱きにしたままお湯につかる。

「はー、あったか……！」

「案外と冷えてましたね」

「だねぇ」

軽く唇を重ねると、亜沙姫さんも嬉しそうにキスを返してくれる。可愛い。この反応は、絆《ほだ》されてくれていると思っていいんだよな？

少し強く抱きしめれば、亜沙姫さんがくすぐったそうに笑う。あー、どうしてこの人はこんなに可愛らしいんだろう。

額《ひたい》と額《ひたい》を合わせると、亜沙姫さんが柔らかく微笑んだ。至近距離であれば眼鏡がなくともさすがに見えるのか、合わさる視線。

「桔平くん」

「なんですか？」

「呼んだだけ」

意味ないよ、と亜沙姫さんが俺の頬にキスをする。恋人みたいだ。まるで両思い。そう思うと、頬に熱が集まった。

好きだと伝えたい。愛してると伝えたい。最初から好きだったと伝えたいし、だから結婚したんだと言ってしまいたい。

でも――それで、どうする？

騙したのかと、そう詰《なじ》られたら――返す言葉はない。事実だからだ。

「あれ、桔平くん顔赤いよ」

「……大丈夫です」

「本当？」

心配そうな亜沙姫さんの耳を噛む。

「わ、噛まない！」

「噛みます」

「なんの宣言なの、わぁっ」

噛んで舐める。耳朶《じだ》を、溝を、耳の付け根も。

「も、……っ、待って」

「待ちません」

「桔平くん、あの、その」

亜沙姫さんの手が、おずおずとソコに触れる。ずっと亜沙姫さんの太ももに当たっていただろう、その屹立。

「しない、よね？　外だもんね？」

「しますよ」

「ば、ばかなの！」

抗議の声を上げる亜沙姫さんの唇をキスで塞《ふさ》ぐ。

「したいです」

「だめだって」

「いやだ」

「わがまま！」

「我儘《わがまま》ですよ、俺は」

我儘《わがまま》で、独占欲がやたらと強くて、すぐに嫉妬して、周りが見えなくなる。

どうしようもない、馬鹿な男。

胸の頂《いただき》を、きゅっと摘《つま》む。

「桔平くんっ」

亜沙姫さんの声が、甘く柔らかく溶ける。

「声、出さないように気をつけてくださいね」

耳元でそう告げると、亜沙姫さんは観念したように、身体から力を抜いた。


——そうして、翌朝。

障子越しの朝日に照らされた、亜沙姫さんの寝起きの顔をぼんやり見つめる。朝から愛おしい。まあ眠っている間も愛おしいのだけれど。

彼女の前髪をかき上げて、額《ひたい》にキスを落とした。——恋人にするみたいに。すると、亜沙姫さんは小さく息を吐いて、俺の胸元にすり寄ってきた。肋骨《ろっこつ》の奥で心臓がぎゅうっと絞られるみたいに切なくて甘い。またキスをして、今度は頭に鼻を寄せる。亜沙姫さんのかおりが強くなる。……正直な話をしよう。俺は、彼女のかおりに欲情してしまうのだ。

すると、亜沙姫さんはきょとんとして言った。

「え、何してるの？　くさい？」

「いえ。亜沙姫さんの匂いだなと」

我ながら、幸せそうな声だと思う。

しばらく匂いを堪能したあと、くるりと亜沙姫さんの身体の向きを変えた。俺の腕の中、背中から抱きしめる形だ。うなじにそっと口を寄せる。なあに、と亜沙姫さんがくすぐったがる中、うなじに少し強く吸い付いた。

「……ちょっと待って、ねぇ、割とさっきまでシてなかった？」

「シていましたねえ」

くちゅ、と亜沙姫さんのナカに指先を埋《うず》める。まだとろとろに蕩けているそこは、俺の指に悦《よろこ》んで吸い付いてきた。

「……っ、ほんと、待っ、ぁ……っ」

右手でナカをかき混ぜながら、もう片方の手でやわやわと胸を揉む。ぴん！　と先端を弾けば、亜沙姫さんの肢体が快楽にそる。

「っ、ぁ……はぁっ」

「今、きゅってなったの分かりました？」

耳を噛みながら言葉を続ける。

「亜沙姫さん、少し苛《いじ》めるくらいが一番感じるんですよね」

「……っ、それ、はっ、桔平くんの趣味、っ」

「違いますよ、亜沙姫さんが悦《よろこ》ぶからですよ」

指を増やし、ナカをすっかりぐちゃぐちゃにかき回してから、ちゅぷん、指を抜いた。手のひらまでとろついた水が垂れてきている。俺は肘をついて亜沙姫さんの顔を覗き込み、べろりと手のひらを舐めた。彼女の頬がかあっと羞恥《しゅうち》に染まる。その様子にきゅんとしてこめかみにキスを落とし、それから彼女の細腰を持った。

「どろどろなんで、そこまで解《ほぐ》さなくて大丈夫そうです」

「ぁ、言わない、でっ」

横向きに寝転がり直し、後ろから昂《たかぶ》りを突き入れる。

「……っ、ぁ、あ……！」

亜沙姫さんが、ぎゅっとシーツを握りしめる。

肉襞がきゅうきゅう悦《よろこ》んで俺のを締め付けるので、思わず掠《かす》れた息を吐き出した。痙攣《けいれん》する肉襞が奥へとねだっているようで、たまらず最奥を肉ばった先端で押し上げた。甘えるような悲鳴が亜沙姫さんから零れる。

「待っ、イってるとこ……だからっ、休ませ、て……」

「可愛いお願いですけど、却下です」

ゆるゆると腰を引いては、また一番奥まで押し入る。そうしながら、彼女の身体に俺の所有の証《あかし》をつけていく。唇で吸い、甘く噛み、舐めしゃぶる。身体を震わせ、絶頂から下りてこられなくなった亜沙姫さんを、今度はシーツにうつ伏せにさせ、背後から散々に貪《むさぼ》り尽くした。

亜沙姫さんの入り口がぎゅうっと窄《すぼ》み、俺の根元を食いしばる。蠕動《ぜんどう》する肉厚な粘膜をゴシゴシ擦るみたいに腰を振りたくり、欲をすっかり吐き終えても、情欲はおさまってくれなかった。

「亜沙姫さん。もう一回」

「……ん」

熱に浮かされたような顔をしている亜沙姫さんは、とろんとしながらもお願いを聞いてくれる。

俺は彼女を仰向けにして、思い切り脚を開かせた。障子越しの朝日ですっかり丸見えだけれど、寝起きな上に何回もイってとろとろの亜沙姫さんは抵抗しない。内心舌なめずりしながら、とろとろになっている入り口に再び自《みずか》らのものを挿《い》れ込む。ぐちゅっととてつもなく淫《みだ》らな音と、亜沙姫さんから溢れた液体と、俺が放った白濁が溢れてくる。

ぐっと息を呑む。最高に興奮した。この人のナカに直接触れることができるのは俺だけだ。

「亜沙姫さん……！」

俺はたまらず名前を呼び、膝裏を持ってさらに脚を開かせながら律動を重ねる。亜沙姫さんの眉が快楽で寄るのが嬉しくて、たまらなくて、俺は彼女を押しつぶすように抱きしめて唇を重ねた。

「噛み癖！」

びしり！　と亜沙姫さんが俺に箸先を向ける。

「マナー違反ですよ」

「それどころじゃないっ。もうお嫁に行けない！」

その言葉についつい笑ってしまう。

「お嫁に来てるんだから問題ないじゃないですか」

「そういうんじゃないってば、もう！」

ぷりぷり怒っている亜沙姫さんも可愛いなあ。でもあまり怒らせすぎるのはかわいそうだ。

「もうあんまりしないでねっ」

「分かりました、あんまりはしないです」

「……なんか含みがあるなぁ」

「……まだ怒ってます？」

俺がそう聞くと、亜沙姫さんは湯豆腐を食べながら唇を尖《とが》らせて、少し子どもっぽい顔をした。本気で怒っているわけではないらしい。こういうやりとりも愛おしいのだから、恋とは不思議だ。

旅館での朝食は部屋食だった。新米に湯豆腐に、焼き魚にだし巻き卵。素材がどれも一級品で、シンプルだけれどとても美味《おい》しい。特に漬物が絶品で、作り方を聞きたいくらいだった。

亜沙姫さんも、この朝食はいたくお気に召したらしい。あまりの美味《おい》しさに、ともすれば頬が緩《ゆる》みがちになりそうなのをぐっと引き締めて、逆に怒った顔に見えている。おかげで少し子どもらしい仕草というか、俺からすればかなり愛くるしい雰囲気だ。もっとも、本人はそれに全く気が付いていないだろうが。

「怒ってる」

「でも、亜沙姫さんも気持ちよさそうでしたよ」

「……でもだめ」

頬を膨らませる亜沙姫さんはこれまた可愛い。でも、笑うと余計に怒るだろうから、神妙な顔をして「当分しません」と口約束をする。

「ずっと！　ずっとだよ、もう！」

亜沙姫さんがここまで怒っているのは、何も知らずに朝から大浴場へ行ったからだ。俺は止めなかった。虫除けのためにあえてさまざまな痕をつけたのだから当たり前だ。

唇をなおも尖《とが》らせる亜沙姫さんをなだめすかし、荷物を片付ける。俺は内心緊張していた――これを渡したら、どんな反応をされるだろうか。

チェックアウト後は、大きな湖までドライブをすることにした。遊覧船のあるような有名所ではない。亜沙姫さんは人が多いのをあまり好まないから、静かなところがないか必死で探したのだ。

その甲斐《かい》あって、湖周りを散策する亜沙姫さんはとても楽しそうにしていた。

「紅葉、綺麗だねえ。天気も良くてよかったたあ」

湖畔の林にある遊歩道は、ほんのり湿り気のある土の匂いがする。

林の中の遊歩道を散策しながら、亜沙姫さんは興味深げに木々を見たり、地面に目を留めて立ち止まったりする。その視線を追うと、都会では見ない山鳥や、もう冷えてきたというのに小さな昆虫がいたりするのだ。

亜沙姫さんは本当に生き物が好きだ。彼女の見ている世界では、きっと俺が見ている以上に多くの生き物が息づいている。それが誇らしくて愛おしい。ものすごく不思議な感情だった。

ふと、亜沙姫さんは一本の紅葉の前で足を止める。古木だろうか、立派な枝ぶりだ。見上げる彼女につられ、俺も同じように見上げてみる——赤、というよりは紅に色づいた葉。陽を透かすと、ほんのり灯《とも》りが灯ったようにも見えた。素直に綺麗だと感嘆する。

目線を戻すも、彼女はじっと紅葉を見上げたまま。深く何かを考えているかのように。

「……亜沙姫さん？」

俺に呼ばれて、亜沙姫さんはゆっくりと俺に視線を向けて笑った。

「なぁに？」

「いえ、少し……ぼうっとしているのかなと」

「寝不足なんだよ」

小さく俺を睨《にら》む目元は、朱色を刷《は》いていた。それでなんとなく、彼女の中に情事の火種がまだ残っているのを察する。気怠《けだる》そうな目が色っぽい。

「……それはすみません」

俺がそう言うと、彼女は「ま、大丈夫だよ」と歩き出す。俺はその小さな手を握る。握るというか、包む。宝物みたいに。

「こけないでくださいね」

「こけないよ。割とフィールドワークに出るからね、山道も慣れてるし」

「靴が違うでしょう」

「まぁ、それはそうなんだけどさ」

ふたり並んで立ち止まり、また空を見上げた。紅葉の隙間から、抜けるような青空が見える。遠くで晩秋の山鳥が高く鳴く。

「晴れてよかったねぇ」

「はい」

俺がしっかりと頷くと、亜沙姫さんはなんだか面白そうに、ふふふと笑った。

俺は今がチャンスだと彼女の手を握り直し、顔を覗き込んだ。

「亜沙姫さん。決して悪いようにはしませんので、目を閉じてもらえますか」

「悪いようにはしない、って悪者の台詞《せりふ》だって分かってる？」

「そう返されるとは思っていませんでした」

「ふふ、冗談だよ」

そう言って亜沙姫さんは目を閉じた。それを見て、ぐっとくる。信頼されているのだと、泣きたいくらいに嬉しい。

「何するの？」

「……秘密です」

俺は目を閉じた亜沙姫さんを連れ、ゆっくりと歩き出す。やがて見えてきた小さな空間に彼女を招き入れた。足音がカサカサと乾いた落ち葉の上を歩くものに変わる。

「え、どこ？　立ち入り禁止のとことかじゃないよね？」

「違いますよ」

「気をつけてね、貴重な植生とか踏んだら大変……」

俺は小さく笑った。本当に亜沙姫さんらしいな。

「目を、開けてください」

俺に言われた通りに目を開いて、亜沙姫さんは何度か瞬《まばた》きをする。そうして、息を吸って——

小さく感嘆の声を上げた。

「わ……」

視界を覆い尽くす紅、一面の紅葉。その隙間に、青空がちらちらと見え隠れする。

「何、ここ！」

思った以上の反応に、心底胸を撫で下ろした。よかった、喜んでくれた。

「ここが遊歩道のゴールです」

「え、すごいすごい」

亜沙姫さんが上を見たまま くるくると回る。相変わらず突飛《とっぴ》な人だ。

「……あの、あんまり回ると」

「え、あ、わぁ！」

予想通りバランスを崩した亜沙姫さんを抱きとめ、俺は頬を緩《ゆる》めた。

「喜んでもらえて、よかったです」

「うん、だってこんなところあるの、知らなかった！」

そう言って彼女は俺の頬に手を伸ばし、たおやかな手つきで撫でてくる。

「……亜沙姫さん？」

「あ、ごめん」

抱きとめられたまま、亜沙姫さんは首を傾げた。

「今の顔、初めてだったから」

「そう――ですか？」

「うん、可愛かった」

「かわい……い、ですか？」

「可愛かったよ。得意げっていうか、そんな顔できるんだって、びっくりした」

「……可愛いなんて言われたの、初めてですよ」

照れくささを感じながら答えると、亜沙姫さんは「うそー」と笑う。

「怖いだの目つき悪いだのはよく言われますが」

「眉毛が悪いんじゃない？」

亜沙姫さんは俺の眉毛を親指でぐりぐりと押してくる。とたんに強い愛情が胸を突き上げて、たまらなくなった俺は彼女を勢いよく抱きしめた。

「わ、なぁに！」

「亜沙姫さん」

俺は彼女を抱きしめたまま言う。

「いつも、ありがとうございます。亜沙姫さんだって忙しいのに、普段も家のことお願いして……

出張のたびに色々と任せてしまって……感謝、しています」

「え、いや、そういう……契約だし」

そう、そういう「契約」で、俺たちは……。つきん、と胸が痛んだけれど、すぐに気を取り直した。

「そうですが、ありがとうございます。改めてお礼を言いたくて」

俺は亜沙姫さんから腕を離して、一歩下がった。そっと彼女の左手を取る。亜沙姫さんは不思議そうに首を傾げた。

「これからも」

ほんの少し、声が上ずって掠《かす》れてしまう。緊張で口の中はカラカラだ。

「亜沙姫さん、これからも、側にいてくれますか」

俺の恋心は、きっと死んで落葉したって紅いままだから。

俺はポケットから取り出した「それ」を彼女の左手薬指に嵌《は》めた。

「……あ、指輪、出来上がってたんだ」

亜沙姫さんの薬指で、秋の陽射しを反射するシンプルなリング。

亜沙姫さんは嬉しそうにしている。角度を変えて眺めたり、そっと指先で触れたり。安堵と愛おしさで泣きそうな気分になった俺は、右手で亜沙姫さんを抱き寄せ、額《ひたい》にキスをした。

「死ぬまでですよ」

俺の腕の中、亜沙姫さんは不思議そうな顔をする。

「あの契約。終身契約です」

「うん」

その言葉が、染みるほど嬉しい。

「桔平くんのは？」

「ありますが」

そう答えると、亜沙姫さんは「ん」と手のひらをこちらに向けた。

「いいんですか」

「普通こういうの、交換でしょ」

亜沙姫さんはあっけらかんと言い、ひょい、と無造作に俺の指にそれを嵌《は》めた。心臓が震える。

「よし、お揃い」

「……結婚指輪ですから」

そう答えるので精一杯だった。見下ろせば、亜沙姫さんが笑っている。

両頬を手で包み、触れるだけのキスをする。永遠の愛を誓うキスだ。

風が紅葉を揺らしていく音が聞こえて――ああもうすぐ冬なんだな、と頭のどこかでそう思った。

※　※　※

「わぁっ、鮫川せんぱぁい、また会いましたねぇっ」

たとえるなら安っぽい人工甘味料のような声。

そんな「作られた」甘さのある声に名前を呼ばれて振り向くと、先日会った大学の後輩もどきが立っていた。名前は「かすみ」。他の情報はほとんど記憶にないが、どうやら亜沙姫さんに――というか、彼女が勤める大学の動物病院でトラブルを起こしているらしい。

相槌《あいづち》を打つのも気が進まず、かといってトラブルについて口を挟んで余計にややこしくするのも気が引けて、俺は軽く会釈するにとどめた。しかし、なんで彼女はこんなところにいるんだろう。

紅葉も終わり、冬もすっかり深くなってきた、そんなシンと冷えた空気が肌を刺す深夜のことだ。仕事終わり、いつも通りの終電帰宅。改札を出たところで、俺は彼女に声をかけられた。

深夜一時過ぎとはいえ金曜日の今日、駅前はまだ人が多い。営業している店もある。

「たまたまこの辺りで飲んでてぇ」

「そうか」

酔っているのか、距離が近い。腕を組まれそうになり、俺は身を引いた。酔っ払いには絡まれないに限る。

このあたりに何の用事があったのだろう。大学と住宅街があるだけの、そこまで大きくない街だ。チェーン店以外の居酒屋は、ラストオーダーが二十二時と早めの。

「終電なくなっちゃってぇ。……バーとか、行きませんか?」

俺に寄りかかるのを諦めていないのか、ジリジリと距離を詰めてくる、〝かすみ〟。……変な酔い方をする人だ。

「悪いが帰宅するところなんだ」

「かすみ、調べたんですけどぉ、割と評判いいバーが近くにあるんですぅ」

〝かすみ〟は目をウルウルさせて俺を見上げた。なぜそんな顔をするのか見当がつかない。

おおよそ、終電を逃して駅前をうろついていて、たまたま見かけた知人である俺に声をかけたのだろうが。

「今日は妻と鍋の予定なんだ」

「あ、奥さんと鍋……え⁉　奥さん？」

驚かれてしまった。

確かに、こんな深夜に鍋なんか変だろう。けれど、亜沙姫さんが「たまには夜更かししようよ」と用意をしてくれているのだ。

その連絡が来たのが、今日の二十一時。最悪だった精神状態が、そこからウキウキと上向いて、地獄のような残業が多少マシになった。だから、早く帰りたい。

亜沙姫さんと深夜番組を観ながらアンコウを食べて、なんならそのまま亜沙姫さんも食べて、明日はゆっくりと昼前まで眠る。起きたら、亜沙姫さんと少し庭仕事。そのあと亜沙姫さんはバイトがあるから、夕食は俺が作る。

なんて素晴らしい週末。完璧な予定だった。

「鍋なんだ。帰らないといけない。とはいえ夜は遅い、そこのファミレスまで送ろう。始発で帰るといい」

「えっ、あの、……えぇ？」

〝かすみ〟は思い切り戸惑っている。

「あの、聞いてないです、奥さんいるとか」

「いや、君とは数年ぶりに会うからな。連絡先も知らないし」

親しい友人知人には、結婚の挨拶状《あいさつじょう》を送ったけれど。

「けど、でも、かすみ、……えぇっ……」

予定と違う、と彼女はブツクサ言っている。まぁひとりで土地勘のないところに残されるのは不安かもしれないが……駅前のファミレスだし、治安も悪くない。

「んー、……でもなぁ。惜しいなぁ……」

「何がだ？」

「いいえっ？　じゃあ今日は諦めまーす」

〝今・・・日は？〟

なんの話だ、と思っているうちに、彼女はブーツのヒールも高らかにタクシー乗り場へ進んでいく。

タクシーで帰れる距離ならば、最初から乗っておけばよかったのに。こんな寒空の下、わざわざうろつかないで。

「鮫川せんぱぁい」

タクシーに乗り込もうとしながら、彼女は言う。

「ほんとぉ～に、帰っちゃいますよぉ～」

「気をつけて」

なぜか呆然とされたけれど、まぁ半分タクシーに乗っているし、これ以上見送らなくて大丈夫だろう。俺はさっさと自宅方面に向かって歩き出す。コートのポケットに入れていた左手、その薬指の指輪を親指でそうっと撫でた。

亜沙姫さんがつけてくれた指輪。

死ぬまで外さない。たとえ死んでも、火葬のときもそのままにしておいてほしい。

帰宅すると、迎えてくれたのは出汁《だし》のいいかおり。思わず玄関先で立ち止まり、深く息をした。

「おかえり。……なんで深呼吸してるの」

エプロンをつけた亜沙姫さんが、ぱたぱたと玄関まで出迎えに来てくれた。――ので、抱きしめる。

「わぁ！」

「……ただいま」

亜沙姫さんを腕の中に閉じ込めてそう告げると、亜沙姫さんもぎゅ、と抱きしめ返してくれる。

「おかえり……あ、寒い匂い」

俺のコートに鼻を寄せて、そんなことを言う彼女が愛おしい。亜沙姫さんの頬に手をやると、くすぐったそうに目を細めた。

「冷たい」

「今日明日、底冷えしそうです」

「あったまらなきゃ」

もう食べられるよ、と亜沙姫さんが優しい声で言う。

手を洗って部屋着に着替え、居間へ行くと座卓の上に鍋が鎮座していた。

「食べよう食べよう、あったまらなきゃ」

亜沙姫さんはニコニコと椀によそってくれる。

ソファの上には、閉じられたノートパソコンと、やたらと分厚い資料と思《おぼ》しき紙の束。

「大丈夫そうですか、論文」

尋ねると、亜沙姫さんは「んー」と首を傾げて、小さく頷いた。

「俺との結婚、役に立ちましたか」

「あんまり」

亜沙姫さんが即答した。思わず箸を落とす。

「え」

それは……どういうことなんだ？

役に立ってない、ということは……と、嫌な予感に身体がすくむ。契約の解消なんて考えていないよな？　俺は平静を装《よそお》いながら、箸を拾う。

「けどね、桔平くん。桔平くんといることって、私にとって、とってもプラスなの」

亜沙姫さんは自分の分に箸をつけながら、呟《つぶや》くように言う。

「だから――こんな私だけど、ずっと契約、続けてもらっていいかな」

どっ、と身体から緊張が抜けた。

「桔平くんはこの間、そう言ってくれたじゃない？　けど私から伝えてないなぁって。……どう？」

「もちろん。はい。お願いします」

ほっとしすぎて、前のめりになってしまった。亜沙姫さんは少し驚いたように目を瞠《みは》って、それから優しく細めた。

「これからもよろしくね、――旦那様」

「……はい」

旦那様。

亜沙姫さんの口から、そんな言葉が――もう、今日、死んでもいい。

俺は赤くなっているであろう頬を隠すように、箸を動かした。


そうして予定通りの最高な週末を過ごした翌週の、月曜日。俺は母校の理系キャンパスに立っていた。実は結婚前から、俺は何かと予定を作ってはここに来ている。

薬品のかおりがほのかに漂《ただよ》う古くさい廊下を歩いていると、亜沙姫さんの声が微《かす》かに漏れ聞こえてきた。少し困ったような声音で、何か取り込み中だろうかと「野生動物学研究室」のプレートが嵌《は》まったドアの前で中の様子を窺《うかが》った。ちらりと腕時計を見れば、若松教授との約束の時間まであと十分ほどある。少し早めに着いて亜沙姫さんと喋《しゃべ》りたかったのだ。結婚までしているのに、我ながらどうかとも思うけれど……

そのとき、不意に知っている声がした。一瞬思い出しあぐね、しばらく考えてようやく誰だか分かった。かすみとかいう後輩もどきだ。

「――だからあ！　この子と交換でいいでしょって言ってるの！」

ドア越しに聞こえる苛立《いらだ》った怒鳴り声に、自分の眉が寄ったのが分かる。まさか亜沙姫さんに声を荒らげているのか？

「ねぇ、聞こえてる？　理解できないのかなぁ」

「……泉崎さん。確かにこのネコたちは、あなたの飼いネコです。しかし、あなたは動物を飼うのに適した方だとは思えません」

言葉を返していたのは、三島とかいう亜沙姫さんの先輩だ。亜沙姫さんが相手をしているわけではないと分かって、拳《こぶし》から力を抜く。彼が亜沙姫さんからきっちり振られているのは知っているが、同じ研究室にいるのは、やはり心穏やかにはなれないな……

「とにかく、プランを返して！　どこにいるのよ！　っ、なによ牛女！　離しなさいよ！」

俺は目を見開いた。は、と呼吸が乱れるのを自覚しながらドアを見つめる。

「……っ、泉崎さん！　鮫川に謝罪してください！」

……やはり言われたのは亜沙姫さんだったか。視界が真っ赤になっていく――昔から、俺は兄弟の中で一番手が付けられなかった。癇癪《かんしゃく》がひどく、言葉より先に手が出る。ほとほと俺に手を焼いた両親は、俺を空手道場にぶち込んだ。堪《こら》え性をつけさせるためだ。

武道は性に合っていた。どちらかというと穏やかだと言われるようになったのは、中学に上がった頃だ。

「はー？　ヤダ。なんで、ほんとのことじゃん」

「泉崎さん！」

言い争う声が続く。

だめだ、落ち着け。このドアをぶち抜いたところで何も変わらない。そもそも部外者の俺が乱入すれば、かえって迷惑をかけるかもしれない。

「いい加減にしてよう、メガネ牛……あれ、もしかしてネコ、横の部屋？　声するっ」

「待って、泉崎さん……きゃあっ」

亜沙姫さんの小さな悲鳴——俺は深呼吸をしようとした。確かにしたんだ。でも先に俺の右足が古くさいドアを蹴り上げていた。怒りが制御できなくなるのは十年以上ぶりだった。めきっと嫌な音がして、蝶番《ちょうつがい》がはじけ飛んだ。

部屋にいた全員がこちらを向いた。押されたためか机に寄りかかった亜沙姫さんに、慌てた顔の三島、困り顔の教授、それからかすみ改め泉崎。

別の部屋から無理矢理連れてこられたのだろう、泉崎から逃げ回る白ネコが、亜沙姫さんの腕の中に飛び込んだ。安心する場所なのだろう。

「あれえ、鮫川せんぱぁい、なんでここに…………てかドア……」

さすがに泉崎も俺の尋常ではない様子に気が付いたらしい。俺はかつてドアだった板を見下ろして、泉崎の腕がこうならずに済んだのはひとえに修行の成果だと内心思う。あとで亜沙姫さんに褒めてもらおう。

「古かったみたいだ。開けようとしたら壊れた」

亜沙姫さんが「絶対嘘じゃん」と突っ込んだ。元気な様子にちょっとほっとする。俺が頭を下げ「必ず弁償しますので」と謝罪すれば、教授は目を瞬《またた》かせて頷いた。

「なあ泉崎。そのネコ、捨てたんじゃなかったのか？」

「へぇっ？　え、ええとお、捨ててませぇん。預けてただけです、そこのヒトに」

亜沙姫さんがびくっと肩を揺らし、キッと泉崎を見た。

「なぁに？　睨《にら》むと余計ブスなんだけどっ？」

ものに当たってはいけない。分かっている。これ以上ドアを破壊するのはいけないことだ。人を殴ってもいけない。そうして、腹の中で充満して出所を失った怒りは口から声になる。

「いい加減にしろ」

「き、桔平くん……？」

亜沙姫さんが戸惑った声で俺を呼ぶ。はは、と笑ってしまった。亜沙姫さんが俺を怖がるようになってしまったらどうしよう。彼女の前では優しく穏やかな夫でいたいのに。

「ねぇ、なんでアンタが鮫川先輩のファーストネーム――」

「人の妻にさっきから何なんだ？　侮辱しに来たのか」

「……へ？」

泉崎は、俺と亜沙姫さんをきょろきょろと交互に見遣る。その間に、教授が白ネコを抱き上げて椅子に座った。ネコは安心したように、ざぁり、ざぁり、と教授のふくふくした指を舐めた。

「ヒッ!!」

泉崎がそれを見て真っ青になり叫んだ。

「プ、プランっ！　そんな汚いの、舐めたらダメっ！」

「あっはっは、ひどい言われようだなぁ」

鷹揚《おうよう》に笑う教授に余計にパニックになる泉崎を放っておいて、俺は亜沙姫さんの肩を掴《つか》む。彼女は目を瞬《またた》き、首を傾げた。

「亜沙姫さんは素晴らしい女性です。優しくて理知的で、世界一素晴らしい女性です。あんな言葉に傷つかないでください」

「き、傷ついてはいないけれども」

ええと、と亜沙姫さんは視線をうろつかせたあと、小さく笑った。いつも通りの笑い方にほっとする俺の耳に、泉崎の声が飛び込んでくる。

「鮫川先輩の奥さんって、この人っ!?」

「何か問題でも？　言っておくが、君とは比べようもないほど素敵な女性だ。そもそも、さっきから大騒ぎしてなんなんだ？　ネコをどうするんだ。手放すのか」

「手放すんじゃなくて、交換にっ……！　ていうか、ていうか、……っ、……へえぇ？」

泉崎は矯《た》めつ眇《すが》めつ亜沙姫さんを見る。

「なるほどぉ。先輩、こういうのがタイプなんだ～」

イラッとして睨《にら》みつけるも、泉崎は小バカにした態度を崩さない。

「その顔をやめて、妻に謝罪しろ」

「んー……とりあえずぅ。今日は、プランもまだ心の準備ができてないみたいなので、帰りますっ」

泉崎はなぜか全力笑顔で敬礼ののち、ウィンクを決めてきた。

そうしてすごい勢いで机の上にあったゲージを掴《つか》む。中に、ネコが一匹入っていた。そしてかつてドアがあった空間に飛び込む。

俺は思わず目を丸くした。ハイヒールであの反応速度、そしてあの速度で走るとは……！　マネージャーではなく陸上競技をしていた方が絶対によかったと思う。

「っ、泉崎さん！」

三島が追いかけて部屋を出る。階段を駆け降りていくヒールの音が高く響くが、やはり尋常ではない速度だ。三島の足音は全く追いつけていない。やがてその音は小さくなって——俺と教授、その膝の上で甘えている白ネコ、なんだかぐったりしている亜沙姫さん、そして蝶番《ちょうつがい》が外れたドアだけが残された。

「……とりあえず、ドア、修理しよっか」

俺が冷静になるタイミングを待ってくれたのか、しばらくしてから教授が声をかけてくる。

「教授……本当に申し訳ありません」

「いやいや、いいよ、いつもよくしてもらってるし……まあ次壊したら上の人に言うからね」

「申し訳ありません」

「まあねえ、新妻の悲鳴聞こえたらドアくらいぶち破るよね、あっはっは」

教授がのんびりと言う。ネコがあくびをして、俺はまた謝罪しながら頷いた。


「……昔から、そうなんです」

研究室にあったドライバーで、錆《さ》び付いた蝶番《ちょうつがい》を締め直しながら俺は亜沙姫さんに言う。新しいものはまた買ってきて、明日付け直す約束をした。

「俺は昔から癇《かん》が強くて短絡的で、頭に血が上りやすくて」

「えー？　そんなふうに思ったことないよ」

「うちの兄弟は……兄貴たちなんかは割と冷静そうに見えますけど、短絡的ですよ、あの人らも」

「そうなの？」

「多分、大事な人に関しては未だに。ただ、俺はよく手が出てしまっていて……幼稚園とか小さい頃ですけど。なので小学校に入学してすぐ、近所の空手道場に入門させられました。そこで出会った師匠に〝俺を思う熱血的なご指導〟をたまわり、そのおかげで感情のコントロールができるようになったわけです」

「熱血的なご指導とは」

「すみません、思い出すと吐くので……その、ものに当たったのは、十年以上ぶりです」

亜沙姫さんが眉を寄せた。

「吐くんだ……ていうか、もうやめてね。桔平くんがしたら大抵のものは壊れるよ。理解してないよね、自分の身体的アドバンテージ。身体大きい、筋肉質、男性、ときたらそれだけで脅威なんだよ。分かる？」

「……はい」

亜沙姫さんに真剣に叱られ、うなだれる。そうだ、その通りだ。

「すみませんでした」

「でも、鮫川くん的にはかなりセーブしてたんじゃない？」

にこやかに教授が会話に入ってきた。

「だって、それくらいで済んだんだから。本気でやったらそのドア粉砕されてるでしょ、はっはっは」

「教授、いくら桔平くんでも、そんな……これ、そこそこ頑丈な木材ですよ。……え、桔平くん何その顔。マジなの？　できるの？　やだあ」

「……本当に申し訳なく」

「いいよいいよ、むしろ蝶番《ちょうつがい》締め直してもらえてよかった。雨の日とか、湿気でキィキィうるさかったんだよね」

教授は太鼓腹を揺らして笑う。

その寛大な心に頭を下げつつ修理を続けていると、三島が疲弊した顔で帰ってきた。

「……鮫川さんの言ってた意味が分かった。あの人、クソ足速いな」

「でしょ、速いでしょ。ヒールなのに」

「百キロババアみたいだった……」

三人できょとんと三島を見つめる。なんだ、その怪異っぽいおばあさんは。

「知らないか？　マリモを投げつけるといいんだって」

「おばあさんにマリモを投げつけてはいけませんよ。というか、マリモは特別天然記念物です」

亜沙姫さんが少しずれた説教をする。三島は微《かす》かに肩から力を抜いて笑った。多分三島は亜沙姫さんのこういうところが好きなんだ。その目はまだ全然恋心を捨てられてない。舌打ちして睨《にら》まなかっただけよしとしよう。

「ま、こうなったからには警察かなぁ……」

教授がどこかのんびりとした口調で言う。

「警察に言ったからといって、泉崎さんを捕まえてもらえるわけではないけれど……ちゃんと届出してました、っていうのが大事だったりするからね」

「ですね」

頷く亜沙姫さんが「あ」と俺を見て、先ほど泉崎と何があったのかを説明してくれた。

なんでも泉崎はもう一匹、ネコを飼っているらしい。今教授の膝の上にいる雌《メス》の白ネコと、そのネコにそっくりな雄《オス》ネコを。

「この間、私がバイトしてる動物病院には雄《オス》の方を連れてきてたみたいなんだ。それがさっき机の上のゲージに入ってた子。雌《メス》のほうをうちに置いていったあとに飼い始めたみたいなんだけど」

「交換とか言っていましたが」

「うん、それが意味分かんなくて、謎」

「……あれ、もしかして泉崎さんってすみょみょんかな？」

教授が目を瞬《またた》いて言う。その酢イカみたいな名前は一体なんだろう。

「そうです、え、ご存じです？」

「娘が好きで時々動画見てるよ。全然動画と性格違うから気が付かなかったなあ、あっは……あれ、そういえばネコ動画もあったな」

三島が「見てみましょうか」とスマホで検索する。とりあえず最新の昨日配信のものをタップして、全員で覗き込んだ。

『やっぷぅやっぷぅ、みょみょーんひめだよぉっ！』

作られた声にびっくりして二度見した。普段から甘ったるい声だけれど、それ以上だ。人間の声帯はすごいなと感心してしまう。

背後に映るのは、白とピンクで統一された可愛らしい部屋だった。手を振る泉崎の爪は綺麗に手入れされており、今日とは模様が違う。模様なんて言ったらいけないのかもしれないが。

「ネコ、どこですかね」

内容はどうでもいいらしい亜沙姫さんがそう言って、次の瞬間「いた！」と身を乗り出す。三島の肩に頭が当たって、やつが微《かす》かに頬を染めた。舌打ちの音は泉崎の高い声にかき消される。画面の隅に、ゆるりと白い尻尾が映って消えた。

「いたいたー。うん、やっぱりさっきの男の子だ」

「分かるものですか」

「尻尾が少し特徴あるんだよ」

へえ、と感心している間に化粧品の紹介が始まった。十五分ほどの動画だったが、もうネコは映らない。関連動画で別の女性の動画に移った。同じような容姿と喋《しゃべ》り方の女性が保護ネコを飼い始めたという内容だった。それを止めて三島が言う。

「ＳＮＳ見てみますか」

泉崎のアカウントには、普通の投稿ではなく二十四時間で消えるという動画がついさっきアップされていた。パッションピンクの背景に、文字が浮かぶ。

『最近ね、みょみょん、恋してますっ』『相手はね、大学のときの先輩なんですけどぉっ、おっきくてね、優しくてね、イケメンなの』『でも好きな人が変な人に騙されてるみたい～乳だけの人なんかには、ぜぇったい負けない！』

俺はぽかんと目を瞬《またた》く。視線を上げると全員と目が合った。

「桔平くんじゃん！」

亜沙姫さんが頬を膨らませて言った。……俺？

「まさか。接点なんかほとんどないですよ」

「ずっと好きだったとかじゃないの」

俺は眉をひそめた。泉崎との会話を思い出すも、彼女にそんな熱量はなかった気がした。第一、俺だとしたら「乳だけ」は亜沙姫さんのことになる。到底許せそうになかった。

それからしばらくして、俺は再びキレることになる。でも今度は仕方ない。亜沙姫さんがどれだけ諭そうと、似たことがあれば俺は再び同じことをするだろう。

その日――クリスマスイブは、いつもより早く仕事が終わった。まあ終電より早いというだけだ。それでも亜沙姫さんと過ごせる時間が多いことが嬉しくて、上機嫌で帰途につく。緑と赤とイルミネーションに浮かれた駅前から住宅街に入ったあたりで、亜沙姫さんの後ろ姿が見えた。寒いのか少し身を縮め、マフラーをぐるぐる巻きにしている。手には白い箱――ケーキだろうか。つい頬が緩《ゆる》んだ。

亜沙姫さん、と呼ぼうとして、今が深夜と言っていい時間だと気が付いた。近所迷惑だ、亜沙姫さんに叱られる。そう思い小走りで近づいたのと、俺の横を白いバンが追い抜いていったのは同時だった。バンは亜沙姫さんの横で停車する。

嫌な予感で背中が粟立《あわだ》った。

「亜沙姫さん！」

小さく叫び、俺は足に力を込めて走り出す。が、一歩遅かった。街灯の下、ガラリと車のスライドドアが開いたかと思うと、亜沙姫さんは思い切り腕を引かれる。その反動で、ケーキの箱がアスファルトに落ちた。

「彼女から離れろ……！」

叫ぶと白い息が空中で散る。亜沙姫さんの腕を引いていた男がこちらを見て「やべ！」と叫んだ。コートやマフラーが動きを邪魔している気がしてもどかしい。息を止めて全力で走る。

「急げ。こいつで間違いないよな！」

「多分な。まぁ違ったらテキトーに犯して脅して捨てたらいいいんじゃね」

ドアを閉めながら、そんな下卑《げび》たことを言っているのが聞こえた。俺は迷わずリアガラスに上段回し蹴りを放つ。車の中で男たちが怯《ひる》み、スライドドアが閉まり切る前に止まる。すかさず横に回り込み、男に押さえつけられてもがく亜沙姫さんを抱えた。

「亜沙姫さんっ！」

亜沙姫さんは俺の胸に縋《すが》り付いた。

「桔平く……」

俺を見上げる彼女の唇がわななく。あまり明るくない街灯でも、はっきりと彼女の顔色が悪いのが分かる。肋骨《ろっこつ》の奥がぎゅうっと痛んだ。心配で頭の中がぐちゃぐちゃで、怒りで腹の奥が沸騰していた。

亜沙姫さんを抱きしめ直しつつ背後を睨《にら》めば、走り去っていくバンのテールライトが見えた。ナンバーは隠していない。おそらく盗難車だ。

へなへなと座り込む亜沙姫さんを支えながら警察を呼ぶ。リアガラスじゃなくて、どちらかの男の頭をかち割ってやればよかったと心底思った。

ようやく帰宅したのは夜中の三時過ぎだった。

ぐったりとした亜沙姫さんを、俺はソファの上で抱きしめて離さない。離せない。時間が経つにつれ、じわじわと恐怖が増していく。手が震えていた。

「……死ぬかと思いました。あなたにもし、何かあったらと思うと」

声まで震えている。もし亜沙姫さんの身に何かあれば、俺はきっと生きていけない。亜沙姫さんはまだ顔色が悪かったが、俺を見て微《かす》かに頬を緩《ゆる》め、手を撫でてきた。泣きそうになる。こんなときなのに、俺のことを気遣うなんて。

「……免許ありますよね？　車、保険書き換えてあるので、俺ので大学通ってください」

「あのレトロな外国車で？　それに車庫入れ苦手なんだよね」

亜沙姫さんは困ったように言う。

「犯人捕まるまで閉じ込められたいですか？」

我ながら真剣味を帯びている声に、慌てたように亜沙姫さんはブンブンと首を横に振る。

「徒歩圏内の大学に車で通うって……でも、遅くなる日はそうさせてもらおうかな……」

困り顔の亜沙姫さんを見下ろし、つい本音が零れた。

「全員探し出して殺しますので。それまで車で通ってください」

「き、きききき桔平くん！　ただでさえ怖いお顔がさらに凶悪！　ていうかアレ以上やってたら、桔平くんまで捕まるって」

眉を寄せ、唇を引き結ぶ俺の腕を、ぽんぽんと亜沙姫さんが優しく叩く。

「き、桔平くん、ケーキ食べない？　ぐちゃぐちゃだけど」

机の上にあるひしゃげた白い箱に、さらに眉が寄る。

「亜沙姫さんがせっかくクリスマスイブだからと買ってくれたケーキが——」

彼女がこれを取り落とした瞬間を思い出してしまい、余計に怒りが増す。

「ああもう、落ち着いてよ」

亜沙姫さんは俺の頭を、ぎゅうぎゅうぬいぐるみみたいに抱きしめてくる。いつも通りな亜沙姫さんに、ふっと肩の力が抜けた。

「……あなたって人は……」

俺は彼女の腰を抱き直し、こめかみにキスを落とす。亜沙姫さんの眼鏡がずれた。

「……無事でよかった」

「心配かけてごめんね」

「あなたのせいではないでしょうに」

「……だね。助けてくれてありがとう」

俺は彼女の肩口に顔を埋《うず》める。この人が傷つかずに済んでよかったと、少し泣いてしまった。


「わぁ!?」

翌日、亜沙姫さんの驚いた声で目が覚めた。亜沙姫さんはベッドに座り込み、寝乱れた髪の毛をかき上げて、眼鏡をかけたところだった。カーテン越しの朝日に、大好きな妻が照らされている。

「あはは、サンタさん来た！」

側にあった紙袋を手に冗談めかして言って、それから俺を見て小さく口を笑みの形にする。

「いい子にしていたからですよ」

起き上がって、亜沙姫さんの頭を撫でる。亜沙姫さんは目を細めて、首を傾げた。

「ごめんね、桔平くんもいい子にしてたのにね」

プレゼントがないのを気にしているらしい。亜沙姫さんの額《ひたい》に唇を落としながら答える。

「俺はちっともいい子ではないので、いいんです」

「そんなことないのに」

亜沙姫さんは紙袋を膝に載せた。

「ありがとう。開けていいかな？」

「俺ではなくてサンタからですから」

ふふ、と亜沙姫さんはどこか密やかに笑う。そんな亜沙姫さんを見て、心底安心する。今度はこめかみにキスを落として、綺麗な髪を梳《す》いた。

同時に昨夜の恐怖がよみがえり、肋骨《ろっこつ》の奥がひどく冷たくなる。たまたま出くわさなければ、あのまま――想像さえしたくない！　ひとり眉間にシワを寄せる俺の耳に、穏やかな声が流れ込んできた。

「サンタさん来たの、いつぶりかな。お姉ちゃんが渡仏して以来」

「……割と最近ですね？」

ふ、と肩から力を抜きつつ俺は微笑んだ。

「お姉ちゃん、もしかしたらまだ、私がサンタ信じてると思ってるかも」

いくらなんでも、と思いつつ……あのお姉さんならあり得るな、と苦笑した。

「あ、そういえば、お姉ちゃん年明けに帰国するって。こっちで仕事があるんだって」

「そうなんですか？」

「都内のホテルに二週間くらいいるみたいだけど……ご飯とか誘われるかも。桔平くんも」

「俺も？」

「桔平くんのこと、気に入ってるみたいだよ」

「……そうですか？」

まぁ嫌われるよりはいいかな、と思いながら包装を解いていく亜沙姫さんの指先を見つめる。綺麗に切り揃えられた爪は、動物を傷つけないためだ。

「……わ。素敵なピアス。いいの？」

「似合いそうだなと」

なんとなく、で開けたらしいピアスの穴。あまり飾り気のない彼女らしく、つけているところはほとんど見たことがないけれど。白い花に模したダイヤが彼女に似合いそうで、思わず買ってしまった。

「……ありがとう」

亜沙姫さんはピアスを両手に載せて、ほんの少し頬を赤くして俺を見上げた。

「つけていいですか」

俺の申し出に、亜沙姫さんはわずかに目を大きくしたあと、笑って頷いてくれた。そうっと、彼女の耳朶《じだ》に触れる。柔らかなそこに、少し苦労してピアスをつけて手を離し、まじまじと見つめる。……予想通り、よく似合っている。

「お似合いです」

「えへへ、ありがと」

亜沙姫さんが嬉しそうにピアスに触れた。俺はその手を取って、指先にキスをする。

すると亜沙姫さんは俺の手を握り、そのまま膝立ちして額《ひたい》にキスを返してきた。

そうして、唇が重なって——一度離れる。目が合った。お互いの欲のようなものを感じる。でも……昨日あんなことがあったばかりだ。触れるのを躊躇《ちゅうちょ》していると、亜沙姫さんが微《かす》かに笑う。

「桔平くんなら大丈夫なんだけれど？」

そう言って眼鏡を外して、また触れるだけのキスが落ちてくる。

俺はうまく答えられない。言葉にできない。ただ亜沙姫さんを抱き寄せ、指で舌で、ゆっくりと彼女を温め解《ほぐ》していく。お互いの素肌を、体温を、絡み合って感じる。いつも以上に時間をかけ、すっかり熱く蕩けた彼女のナカに挿入《はい》ると、亜沙姫さんは「ふ」と幸福そうに吐息を漏らした。胸が切なく痛む。俺の昂《たかぶ》りを、亜沙姫さんのぬるぬるで肉厚な粘膜が収縮して包み込む。

今なら言える気がした。愛してると——亜沙姫さんは驚くかもしれないけれど、拒否はされない気がして。そう思い唇を開きかけたとき、亜沙姫さんの両目からぽろりと涙が零れた。

ぎょっとしてそれを親指で拭うと、亜沙姫さんの目が細くなる。

「ごめんね――」

「亜沙姫さん？」

「幸せ、で」

亜沙姫さんはしゃくり上げた。

「こうして、いられて……もし、あのまま、だったら、私……」

俺は苦しくなって抱きしめる。ぐっと奥まで挿入《はい》って、亜沙姫さんの身体が跳ねた。

「あ、はぁ、っ、こうして、いられるのが……っ、幸せ、で、嬉しくてっ、桔平くん、桔平くんっ」

ぽろぽろと亜沙姫さんが泣く。それ以上はもう言葉にならないようだ。

それは俺も同じで、ただキスを繰り返しながら、亜沙姫さんの髪をぐしゃぐしゃにかき乱し、ゆっくりと抽送を続けて、本当にもどかしいくらいの動きでお互いを求め合う。

ひどくゆっくりな動きなのに、俺は……頭の芯が灼《や》け落ちそうなほど気持ちがいい。亜沙姫さんも痛いくらいに俺を締め付けて感じてくれて、俺は彼女を押しつぶすように抱きしめながら、ふたりで達した。

亜沙姫さんが落ち着くのを待って、そっと離れる。

「……やだ」

離れないで、と呟《つぶや》くように言われて、また抱きしめる。髪を撫でていると、ゆっくりと微睡《まどろ》むように亜沙姫さんはまた眠りへ落ちていく。俺は彼女の耳朶《じだ》に光るピアスにキスをした。

しばらくしてから、起き上がってスマホを確認した。

警察官である長兄からの情報によると、使われた車は予想通り盗難車だった。現在は現場付近の防犯カメラを確認中。警察はローラーで捜査していくんだろう。防犯カメラの映像、盗難車の入手ルート。付近の聞き込み、前科者の照会。

……でも、俺は警察官じゃない。だから迷路をゴールからたどるように、最初から亜沙姫さんが狙われていたと仮定して、そこからスタートする。

『こいつで間違いないよな』と男は言っていた。

俺は短絡的《バカ》で直情的《バカ》な男だから、思い込みだと言われようと——亜沙姫さんがあんなふうに狙われるなんて、逆恨み以外にあり得ないと断言できる。

思い当たるのは、今のところひとりだけ。

亜沙姫さんを口汚く罵《ののし》った——あいつだけだ。

スマホを置いて、ヘッドボードに置いてあった亜沙姫さんの本を読む。時折ラテン語が混じるその専門書に集中していると、亜沙姫さんがムニャムニャと何事かを呟《つぶや》きながら、大きく伸びをした。

「んん……寝た」

「おはようございます」

亜沙姫さんは何度か瞬《まばた》きをしたあと、腕をついて身体を起こした。それから俺が読んでいる本を覗き込む。眼鏡をかけていないから、くしゃりと目を細めて。

「あれ、私の読んでる。面白い？」

いえ、と正直に答えると、亜沙姫さんは楽しげに笑った。

「じゃあなんで読んでるの？」

「亜沙姫さんの――見ている世界が、知りたいと思って」

亜沙姫さんは何度か瞬《まばた》きをして、柔らかく表情を緩《ゆる》めた。そうして、ゆっくりと力を抜いて、あぐらをかいた俺の太ももに頭を載せる。

その髪をゆるゆると撫でながら、強く決心する。

亜沙姫さんを守る。

必ず守り切ってみせる。

五章（side 亜沙姫）

お正月は桔平くんとふたりでまったりと過ごした。元日にうちと桔平くんの家に挨拶《あいさつ》に行って、近所の全然混んでない神社に初詣《はつもうで》に行ったけれど、出かけたのはそれくらいだ。

ふたりで作ったおせちとお雑煮のにんじんと大根は庭でとれたもの。去年の夏に種をまいて、一緒に育てたものだ。とても美味《おい》しい。台風や酷暑に耐えただけある。

そんな話もしつつ、基本はふたりでゴロゴロしていた。

「明日からまた仕事か……」

「アンニュイだね、桔平くん。嫌なら辞めたら」

心底そう思って言うと、桔平くんは苦笑した。

「嫌です。俺は偉くなって日本のコメを守るんです」

「桔平くん、おコメ好きだもんねえ」

「はい」

私は桔平くんの膝を優しく叩いた。

「……あの、ところでアサヒさん、この体勢は一体なんですか」

「だってあったかいんだもん」

あぐらをかいた桔平くんの膝に座り、硬い胸板に背中を預け、身体を包まれるようにしながら足は炬燵《こたつ》に。ものすごくあったかい。

「まあ、俺も温かいですが」

「ならいいでしょ」

「しかしながらアサヒさん」

桔平くんの筋張った大きな手が、少々けしからん感じのところをゆるゆると撫でる。

「正直、欲情してしまいます」

うなじをかぷり、と優しく噛み、ちろちろと舐めながら、彼は続けた。

「それとも、これを期待してましたか？」

「ひゃあん！」

乳房を持ち上げられるように、急に強く揉みしだかれる。乳腺が引っ張られる感覚とともに先端を弾かれると、すっかり快楽に弱くなった私はみっともなく喘《あえ》いでしまう。

「あ、ぅ」

「はー……かわい」

両方の乳首を摘《つま》み、耳殻を前歯でがじがじ齧《かじ》りながら桔平くんは言う。腰にはすっかり昂《たかぶ》った彼の屹立がぐいぐいと押し付けられる。それがぐずぐずになった私のナカに入って肉襞をずるずると擦《こす》り上げるところを想像してしまい、きゅうんと子宮のあたりが疼《うず》いた。

「は、ん、桔平くん……」

振り向くと、むしゃぶりつくように唇が重ねられた。口内を彼の舌に蹂躙《じゅうりん》されて、彼の唾液を呑み込んで、お互い荒い息で見つめ合った——その瞬間、ぴんぽーん、とちょっと間の抜けたインターフォンの音がする。

「……申し訳ないですが無視しましょう」

「でも」

「ここでお預けは無理です」

ぎらぎらした瞳の桔平くんはそう言ったけれど、無情にもまた呼び鈴が鳴り響く。

「………チッ」

桔平くんは、時々見せてくるお行儀の悪いバージョンで舌打ちをして立ち上がる。この家のインターフォンはドアホンではないので、玄関まで行くしかない。宅配かもしれないなあ、いいものの届いたかなあ、と思いながら、私も桔平くんのあとをついていく。

「どちらさまですか」

地を這うような声で言いながら、桔平くんがガラガラと横開きのドアを開くと――そこに立っていたのは、桔平くんの一番上のお兄さん、修平さんだった。桔平くんと同じくらいの高身長に、不愛想な強面《こわもて》。正月だというのにスーツに濃灰色のコートを羽織っていた。

「兄貴？」

修平さんは一歩引いて玄関をまじまじと観察したあと、「桔平」と弟を呼ぶ。

「インターフォンはつけかえろ。録画できるやつがいい、防犯率がかなり違う」

そうして私を見て微《かす》かに眉を下げた。

「年末は大変でしたね、アサヒさん」

「あ、いえ……」

答えつつ首をひねり、そういえば修平さんは警察官だったと思い出す。それも警察官僚だ。

「兄貴、急にどうした」

「アサヒさんの件、気になったんでな。仕事ついでに寄った……ああ、あけましておめでとう」

「あ、あけましておめでとうございます」

挨拶《あいさつ》を返しながら、あることに思い至る。もしかして桔平くん、私のこと修平さんに相談したの？

「桔平からその日のうちに連絡が来ました。車が盗難車だったこともあり、今のところ巡回を増やすぐらいしか対応は取れていないのですが、どうですか、その後」

「ええっ、わざわざすみません。お忙しいのに。元気ですし大丈夫です」

「大丈夫じゃないです、アサヒさん」

桔平くんの声がワントーン下がる。

「あれはアサヒさん個人を狙ったものなんです」

「……そうなの？」

恐怖とパニックで、あのとき何があったかいまいちよく覚えていない。

「なんにせよ、油断はするなよ」

修平さんは桔平くんにそう言ったあと、「何か思い出したことはありませんか」と私からいくつか犯人の特徴を聞き出した。まあ最初に警察に話した以上のことは、記憶にないのだけど。

「何か思い出したら、俺でも担当の刑事でもいいので知らせてください」

そう言って修平さんは去っていった。お正月なのにお仕事とは大変だ。

「修平さんって警察庁だよね。どんなお仕事してるの？」

「……あまり聞かない方がいいです」

私は目を瞬《またた》く。お仕事の内容がちょっと気になるところではあるけれど、桔平くんがそう言うならとその場は引いた。

それから少し経った、ある日曜日。松の内も明け、街はすっかり通常モードだ。日本で仕事があるというお姉ちゃんを空港に迎えに行くことになった。というか迎えに来るよう圧力をかけられた。

お姉ちゃんが今回帰国したのは、年に一度開催される大きなファッションショーに出るためだ。十代後半から二十代がターゲットのそのファッションショーは、本来お姉ちゃんみたいなカテゴリのモデルさんが出るショーじゃない。メインは読者モデルさんとか、雑誌の専属モデルさんとか。

スマホアプリで配信されて、服やアイテムがその場で買える、というのも売りのようだ。売り上げがモデルさんによって左右されるから、人気のあるモデルさんやタレントさんが集まるみたい。モデルさんごとにすぐに売り上げが出るから、競争も熾烈《しれつ》らしいけれど……とにかく、お姉ちゃんがこういう仕事を受けるのは、多分珍しい。

そんなことを思いながら空港に向かえば、お姉ちゃんは私の顔を見るなり泣き崩れた。

「うぅ、亜沙姫ぃ〜」

「……お姉ちゃん、フラれたね？」

「わぁぁあん！」

「……今回は長続きしてたのにね」

「塩を塗り込まないでぇえ」

美女大号泣。百八十センチ近いお姉ちゃんがしがみついてくると、なかなかに支えるのは難しい。桔平くんはオロオロしてるし、周りの人もぎょっとしている。

〝アタシの溢れんばかりの深い愛情からすれば性別なんか記号ですらない〟というお姉ちゃんのポリシーに基づいて、お姉ちゃんの歴代恋人は男女問わないのだけれど……今度の彼女さんは周りに

「パートナー」だと伝えるほど本気だったっぽい。……まぁ、毎回フラれるんだけれど。

お姉ちゃんの愛情は、多分、重すぎるんだと思う。

「えぐっ、なんでだと思う？　亜沙姫ぃ。ＧＰＳ付きの位置情報アプリ、無理矢理スマホに入れさせたのが悪かったのかなぁ？　それともあの子が友達と出かけたのを尾行したこと⁉」

「うーん、多分そういうことの積み重ねだと思うよ！」

「わぁああん！」

えぐえぐ泣いているお姉ちゃんに、桔平くんは聞く。

「すみませんお姉さん、その位置情報アプリは日本国内でも使えますか？」

「桔平くん、何言い出してるの？」

多分、年末の拉致未遂が原因だと思うけれど、変なアプリを私のスマホに入れないで！

あれからさらに、お巡りさんの巡回が増えた。きっと修平さんのおかげなんだよね。でもお仕事増やしてほんと申し訳ない。まあ、大学も車で行ってるから大丈夫だと思う。

……というか、お姉ちゃんにはバレないようにしておかないと、なんかややこしいことになりそう。

「うう、甘いもの飲みたい。甘いもの」

「買ってきます」

私たちをソファに座らせて、桔平くんが少し先にあるカフェへ向かう。テイクアウトしてくれるんだろう。

「生クリームたっぷりね、チョコチップもね」

「はい」

私はびっくりしてそれを聞いていた。お姉ちゃんが、生クリーム！　いつも自分の身体《スタイル》に気を遣うお姉ちゃんが、生クリームもチョコチップも！

「……お姉ちゃん」

「うぅ、アタシ本気だったのよ」

「少し相手を信頼したらどうかな……」

「不安になっちゃうんだもん！」

シクシク泣き続けるお姉ちゃんの背中を撫でていると、突然「あ、乳女」と甲高い声がした。

「……あ、泉崎さん」

顔を上げると、そこにはなぜだか泉崎さん。ふふん、と得意げな顔をされた。

「乳だけ女、何してるの？」

「いや、……えーっと」

そう絡まれても説明しづらい。お姉ちゃんが「スン」と泣き止む。泣き止んで――じっ、と泉崎さんを見つめた。あ、これキレすぎて逆に冷静になっているときの顔だ。

「かすみはね、撮影！　テレビの！　げーのーじんだからっ！　げーのーじんっ！」

テレビ？　あれ、ネットの人なんじゃなかったっけ……って、まぁいっか。

それより、プランちゃんのことをきちんとしてほしい。電話だけじゃなく、何枚も呼び出しの葉書を送っているのだけれど……

「まぁ？　アンタみたいな地味ブスには～？　一生、縁《えん》のないせか――」

「その口を閉じろ、泉崎かすみ」

地を這うような声に、思わずびくりとする。泉崎さんから私を庇《かば》うように、目の前には桔平くんの大きな背中があった。

「アサヒさんになんの用事だ？」

「あっ、鮫川先輩ッ」

声のトーンが甘いものに変わる。すごいなぁ。変わり身の速さに半ば感心した。

「かすみぃ、いまぁ、テレビの撮影でぇ」

「ならさっさと行け。二度と顔を見せるな」

「……あは、もう、先輩ったらぁ」

泉崎さんは笑っているけれど、目がひどく――冷たかった。

「やっぱ、一回、目を覚まさせなきゃダメっぽいですねぇ？」

桔平くんは無言だ。背中しか見えないけれど……ものすごい怒気が伝わってくる。

そんな中、飄々《ひょうひょう》としている泉崎さんが逆に怖い。こういう子が芸能界とかで成功するのかもしれない。お姉ちゃんにも言えるけど、図太いくらいでないと華やかな世界では成功しないのだと思う。

私には無理……腐葉土の下にいるほうが幸福。

「すみょみょーん、何してるの？」

「なんでもないでぇ〜す！」

スタッフさんらしい人に声をかけられて、泉崎さんは振り向いて走り去っていく。意味ありげな視線を桔平くんに向けて。

「……すみません、まさかあいつがいるとは」

「ねー。すごいね、撮影だって。泉崎さん可愛いもんね」

そう明るく言ってみたけれど、桔平くんはやっぱり無言で、私とお姉ちゃんに飲み物を渡した。

お姉ちゃんは生クリームたっぷりスイーツ系のドリンクで、私にはホットのソイラテ。……好みをすっかり把握されてるなあ。

カップを受け取ったお姉ちゃんは、足を組み直して髪をかき上げた。そうして、……とても妖艶《ようえん》に笑う。

「えっ、と、……お姉ちゃん？」

「なぁに亜沙姫。世界一可愛いアタシのお姫様」

「ガチギレでいらっしゃる？」

「ガチギレ？」

お姉ちゃんはクスクスと笑った。女王様のように笑った。

桔平くんでさえ、気圧《けお》されたのか少し姿勢を正している。

「ガチギレで済んだらよかったのにねぇ」

「お、お姉ちゃん。あの、確かに絡まれてるけど、えーと、あの子知り合いで！　別に実害とかは――」

あるか。診察代踏み倒し等々……

「ふぅん、でも」

お姉ちゃんは唇についた生クリームを、ぺろんと舐めた。実の妹である私ですら、くらりとするような色気だ。こういうときのお姉ちゃんは……完全に頭に血が上っている。

「共演者の顔も知らない礼儀知らずさんには、オシオキがいるわよねぇ？」

そう言って、いっそ凄惨に笑った。美形がガチで笑うと怖いのだ。これは豆知識。


お姉ちゃんが何かしでかすのでは……と戦々恐々と過ごした一週間後、ファッションショー当日。

「あのねぇ、こういうのはパリでぶいぶい言わせてるアタシが歩くランウェイじゃないのよ」

「ぶいぶい言わせてるの、お姉ちゃん」

「言わせてるのよ」

堂々と言い放ったお姉ちゃんは、ホテルのロビーで飄々《ひょうひょう》としていた。今回はショーに特別ゲストとして……というか、今回初参加の海外ブランドがお姉ちゃんを指名したらしい。

「アタシに着せてどうすんの。日本人の平均より二十センチ高いのよ」

お姉ちゃんはぶちぶち言っている。

「絶対一番似合うし……アタシなんでも着こなすから、他の子がかわいそう」

はぁ、とどこか物憂《ものう》げなお姉ちゃん。いつもと変わらず自信家で何よりです。

「でもあの子はかわいそうじゃなーい」

「あの子、って」

……泉崎さん、か。

あの日空港でお姉ちゃんが言ってた「共演」は、このファッションショーのことだった。泉崎さんこと「すみみょん」もこのショーに出るのだそうで……

「ていうか、お姉ちゃん、共演者全員覚えてるの？」

「顔と名前くらいはね」

すまし顔で答えるお姉ちゃん。一体どういうつもりなのか全く分からないまま、私はこの一週間ひたすらエステに連れ回されたり、謎のモデルごっこに付き合わされたりと、なかなかに忙しい日々を過ごした。

別にいいんだけど。論文も先月提出してしまった。

まさか、ショー当日まで呼び出されるとは思っていなかったけれど。

「ところでお姉ちゃん、今日は何の用事で私を呼んだの？」

「大丈夫、全部お姉ちゃんに任せていいから。亜沙姫は力抜いて天井のシミ数えてて」

「……時代劇の悪代官みたいなこと言ってないで、教えてよ」

ふふん、とお姉ちゃんは笑う。ひんやりと背中に汗が伝った。

こういう笑顔のときのお姉ちゃんは、ロクなことを考えてない。

「小さい頃」

「……うん？」

「よくやったじゃない、モデルさんごっこ」

「したけれども」

お人形のように服をとっかえひっかえして、そのときすでにモデルのレッスンスクールに通っていたお姉ちゃんに、歩き方を徹底指導されて――そういえば、久しぶりにこの一週間それに付き合わされた、なぁ……

「まさか」

私の呟《つぶや》きに、お姉ちゃんはいたずらをするネコのように、にんまりと口角を上げた。


そうして。

「や、やっぱりロクでもないことだった！」

「やぁあん可愛い、亜沙姫可愛いっ」

半ば拉致されるように連れてこられたのは、件《くだん》のファッションショーの会場。

お姉ちゃんと謎の外国人スタッフさん総がかりで、私はやたらとフリフリしいワンピースを着せられていた。髪の毛もセットされて、メイクもばっちりだ。

「ひ、皮膚呼吸できないよぅ」

「あーもう、お人形？　お人形なの、亜沙姫？」

「いやぁ、さすがマキの妹だねぇ、とってもキレイだ」

「あげないわよ」

「残念ながら女性に性的な興味はないんだ」

日本語がやたらと堪能なメイクさんが楽しげに言う。私は鏡に映った自分に落ち着かない。眼鏡だけはいつものだ。だけれど、それもコーディネートの一部であるかのように全身を合わせられていた……プロってすごいなあ。

「でも、ランウェイ歩けるのかい？」

「アタシの妹よ」

「じゃあ大丈夫か」

納得しないで！　大丈夫なわけありません……！

じとりとお姉ちゃんを見つめるけれど、本人は知らぬ顔で鼻歌なんか歌っちゃっている。私は諦めた。お姉ちゃん相手に抵抗しようっていうのが間違いなんだ。お姉ちゃんは唯我独尊女王様。地球はお姉ちゃんのために回っている。

諦観を抱いてあたりを見回してみれば……素直にすごい、と感心する。舞台袖は、戦争みたいだった。早着替えみたいに衣装を脱ぎ着していくモデルさん。その側をメイクさんや衣装さんが走り回る。スタッフさんもモデルさんも、みんな目が血走っていた。

その中で……彼女の声はひときわよく響いた。

「なんでかすみがこの順番なのっ！」

「いや、それは最初から――」

「やだ！」

どうやら泉崎さんは順番が気に食わないらしい。けれどスタッフさんに説得されて、しぶしぶ舞台へ向かっていく。私は見つからないように、コソコソと声の方向を見つめ……そうして息を呑んだ。

「あ、あの、お姉ちゃん？」

「なぁに、世界一可愛い亜沙姫」

「……私が着てるの、泉崎さんと同じなのでは」

「そうねぇ」

うっとり、とお姉ちゃんは言う。

ちなみにお姉ちゃんは、いつの間にか別のワンピースを着ていた。滅多に見ない服装だけれど、謎に似合っている。モデルさんすごいよぅ……

「た・ま・た・ま同じになったわねぇ」

「な、な、なんで!?　あんな可愛い子と比べられたくないよ！」

地味なのだ。私は地味メガネザルなのだ。

それなのに、どうしてこんな華やかなところであんな綺麗な人と比べられなきゃいけないのだ。

「んふふふふふ」

お姉ちゃんは含みがあるように笑う。

そうして私の手を引いて、廊下へ出た。中の喧騒《けんそう》が嘘みたいに、シン、としている。

「バカな亜沙姫、あなたはとっても可愛いのに」

「可愛くない」

「ねぇ、可愛いと思うわよね？」

お姉ちゃんが誰かに声をかけて――振り向くと、桔平くんがいた。

ぼうっと私を見つめている。頬が熱くなった。

「き、ききき桔平くん!?」

「……あ、すみません。妖精がいるのかと思って」

「視力どこにやったの！」

時々変なことを言うから、前から思っていたんだけれど。ていうか、お姉ちゃんが桔平くんを呼び出した!?

「いえ？　では、天使」

「天使でもないよ！」

「天女？」

「空想の存在から離れて！」

桔平くんは首を傾げて、何やら難しそうな顔をした。そうして、意を決したように言う。

「……お姫様、みたいです」

「……っ！」

私は金魚みたいに口をぱくぱくさせる。

こんな金魚みたいなお姫様はいないだろうに、桔平くんはあくまで真剣に頷く。

お姫様。

頬が熱い。お姫様。誰でもない、桔平くんに……そんなふうに、言ってもらえた。

亜沙姫。お姫様みたいじゃない私の名前。

なのに、桔平くんは私のことを「お姫様」だと、そう言った。

「ふ、服がね！　服が、いつもと違うからっ」

「亜沙姫さんは二十四時間三百六十五日……その、素晴らしいです。どんな格好をしていても」

「き、桔平くん？」

「けれど、――今日の装《よそお》いもよく似合ってると、俺は思います」

真剣にそう言われて、私はモゴモゴ黙り込む。ずるい。

「よし、じゃあ行くわよ、亜沙姫」

お姉ちゃんは私の手を引く。

桔平くんに見守られながら、またドアの向こうの喧騒《けんそう》の中へ戻って――お姉ちゃんは笑った。

「亜沙姫、人に見せるんじゃないの。あなたは素人なんだから。たったひとり、この会場のどこかにいる、あなたの王子様に向かって笑いなさい」

「――え？」

王子様？

えっと、それって……桔平くん？

「ん？　あいつ、あなたの王子様でしょ？　席取ってあるわよ」

「いや、えっと、うん」

王子様！　なんだか似合わないその呼称に、クスクスと笑ってしまう。

「よしよし」

お姉ちゃんは満足そうに笑う。

やがて、私はスタッフさんに名前を呼ばれた。背中をお姉ちゃんにぽんと叩かれ、私は光の中に一歩踏み出して――

正直、何がなんだか分からなかった。

光の洪水。鼓膜どころか、内臓に響く音楽。

ただ、「モデルさんごっこ」をしたときと同じようにランウェイを歩いた。

向けられる視線に足がすくみそうになったし、ヒール高いしキツかったけれど、どこかにいる桔平くんに「素敵でした」と言ってもらいたい一心で、私は笑った。

お姫様みたいでした、と言われたくて――私は笑った。


戻ってきた舞台袖で、お姉ちゃんに抱きとめられる。

「合格合格、合格よ亜沙姫！　初ランウェイでここまでできる子はなかなかいないって！」

お姉ちゃんはやたらと興奮している。頭がくらくらして、息が苦しい。

「ほんと……？」

「いやいやすごかったよ、アサヒ！」

さっき私の準備をしてくれたメイクさんたちが寄ってくる。そうして次々に抱きしめられた。

「素晴らしかった。ああ、君の身長がもう少し高ければなぁ！　今すぐにでも、パリへ連れて帰るのに！」

「……あは」

そうなのだ。私は蝶々のお姉ちゃんとは違う、じめじめダンゴムシ。

でもなんだか、気分は高揚していた。

ショーは続いていく。

ランウェイでは笑顔だったりキリッとしているモデルさんたちが、舞台裏では必死なのを私は知った。汗だくで過呼吸起こして、それなのに自分の出番では堂々と歩く人。ものすごい靴ずれをしているのに、高いヒールを履いてランウェイで微笑む人。

夏の空を飛ぶ蝶々の身体は、実はボロボロ。美しい翅《はね》に目がいくから、誰もそれに気が付かないだけで。

そんな状況なのに、みんなスタッフさんを気遣っていて、雰囲気がすごくいい。

「ショーはチームワークだからね」

何着目かの服を着たお姉ちゃんは言う。

「だから、それを乱すやつは嫌われる」

そう言い捨てて舞台へ向かうお姉ちゃんが誰のことを指しているのかは、すぐに分かった。

パーテーションの向こう、金切り声でわめく、泉崎さんの声。

「この服っ、かすみ、着たくない！」

「いや、すみょみょん……」

スタッフさんの呆れ声は、疲れ果てているのかひどくか細い。私の近くにいたスタッフさんが、ボソリと呟《つぶや》いた。

「誰よ、あいつキャスティングしたの」

「広告代理店のナントカさんだって。愛人らしい」

「あー……」

「練習もしてなかったんでしょ。ランウェイも歩くだけ。本当に歩くだけ。背中も丸い」

「着られる服がかわいそうね」

「あ、だからもうひとりモデルさん用意したんだ？」

私のことか！　思わず顔を上げると目が合った。スタッフさんは「素敵でした」と微笑んでくれた。お世辞でもほっとする。

泉崎さん、散々な言われようだった。人気があるからキャスティングされたんだろうけれど。フォロワー十五万人だっけ。

それにしても、お姉ちゃんは結局何をしたかったんだろうか。結局理由は分からないまま、ショーが終盤を迎えたあたりで、さっきのスタッフさんたちが「テレビカメラ入ってますので～」と言いに来た。

「カメラ？」

聞き返すと、ニュースのドキュメント枠で使うのだとか。着替えの関係とかでさっきまではいなかったけれど、疲労困憊《ひろうこんぱい》でも頑張るモデルさんたちを映像に収めたいらしい。

「あの、……映りたくないときって」

「事務所経由で言ってもらえれば～」

ニコニコと言われて、私は曖昧《あいまい》に頷いた。事務所とかない場合はどちらに……？

まあ、私なんかが映るわけないか。

そう切り替えて、今日の出番が全部終わったお姉ちゃんとアイスのルイボスティーを飲んでいると、パーテーションの向こうから機嫌のいい泉崎さんの声が聞こえてきた。

「そうなんですよ～、ネコも好きでぇ。女の子飼ってて」

テレビ取材が嬉しくてたまらない、という声色……。って、今あなたが飼ってるのは男の子でしょうに！　私がむっと唇を歪める間に、少しずつ声が遠ざかっていく。向こうに行ったのかな。

「で、お姉ちゃん？　私、なんでこんなモデルさんみたいなことを――」

と、問いかけたときだった。突然パーテーションががたん！　とずらされる。

立っていたのは、鬼の形相の泉崎さんだ。

「……へ？」

ぽかん、と見つめる。血走った目が私を認めると、泉崎さんは叫んだ。

「なんでアンタがいるの!?　そんで、なんでアンタが同じ服着てるのっ！」

ずれたパーテーションの向こうに、なんだなんだとカメラを向けるスタッフさんが……って、あれテレビカメラだ！　どうしよう！　私は映らないよう、ずりずりと椅子ごと壁に下がる。

「あっれ～？」

お姉ちゃんはクスクスと笑った。口元にしなやかに指を当てて、目をいたく上品に細め、美しく小首を傾げる。

「もしかしてぇ、……売り上げが亜沙姫に負けたから、それで怒ってるのぉ～？」

売り上げ？　売り上げって、あの服の⁉

「ほら見てみて、亜沙姫」

お姉ちゃんがスマホを差し出す。そこにはたくさんの今日のショーの写真。あ、私もいる……

「あの可愛いワンピ、亜沙姫のこの写真経由で買った人数、そこの謎配信女の五倍」

「え……」

私は呆然とお姉ちゃんを見つめた。……えーっと？

「まだまだ差がつくわよ」

お姉ちゃんは優雅に足を組み替えた。

「だってさぁ、すみょみょんだっけ？　アンタ歩いてただけじゃん。ボテボテボテボテ、あんな歩き方じゃあダメよ。あそこ遊歩道じゃないんだけど知ってた？」

お姉ちゃんはすっと立ち上がる。

いつの間にか、カメラがお姉ちゃんを捉《とら》えていた。まあ、なんていうか、トラブルっていいネタですよね……？

百八十センチ近くあるお姉ちゃんが、十センチ以上のヒールを履いているから二メートル近い背丈になっていた。その高みから、泉崎さんを見下ろす。威圧感すごそう……じゃないな、明らかに威圧している。

「亜沙姫のほうが素敵だった。亜沙姫のほうが綺麗だった。それがみんなの公平なジャッジ。でしょう？」

「……っ、あとで着た方が有利に決まってるッ！」

「本気でそう思ってるの？」

呆れたようにお姉ちゃんは腕を組む。

「あなたみたいな人は嫌い。でもー、あなたのネコは好き」

え、とぽかんとする泉崎さんに、お姉ちゃんはスマホを向けた。ついでにカメラにも。

「ほら、これ。あなたが何日か前に配信してた映像の静止画像」

「……なに？」

「アタシ、ネコのたまたま好きなの」

「お、お姉ちゃん⁉」

たまたま、って……まぁ、うん、ふわふわしてて可愛いけれども！

「あなたのネコのたまたまも、とっても素敵ねぇ？」

画面の隅にちらっと映るネコの後ろ姿。おそらく、映像ならば一瞬で流れたであろうそのお尻周りに、ばっちり映ったネコの睾丸《こうがん》。

「え？　女の子って言ってたよね」

思わず、と言ったようにスタッフさんが呟《つぶや》く。泉崎さんは「は？　知らなーい」と顎をそらした。

「ふーん。なんで女の子のはずのネコが、男の子になってるの？」

お姉ちゃんの言葉に、キッと泉崎さんは私を睨《にら》みつける。思わず首を横に振った。な、何も漏らしてないですよ！　患畜のプライバシーだし！

すると、今度はやけに落ち着きのある革靴の音が聞こえてきた。なんだろうと振り向くと、暗い色のスーツを着た集団がいた。

華やかな色彩で溢れた控室で、彼らはとても異様だった。

「警察です」

その場にいた全員が、ぽかんとした。警察？

「泉崎かすみさん。裁判所から逮捕令状が出ています。署までご同行願います」

時間が止まったみたいだった。警察の人たちだけが動いていた。全員の視線が泉崎さんに集まる。

え、嘘、もしかして診察代の踏み倒しで……？

「あ、あの」

私の声は完全に無視された。同時に部屋に一気に声が溢れかえる。〝騒然とする〟っていう言葉は知っていたけれど、体験するのは初めてかもしれない。

「は？　何それ、かすみ知らないっ」

「罪名は営利目的等略取及び誘拐。心当たり、ありますよね？」

ゆゆゆ誘拐⁉　ネコのことじゃなくて⁉

泉崎さんもぽかんとしていた。

「……は？　ないですけど？　そんなことしてませぇん！」

「そうですか。では、続きは署で。十七時十三分、通常逮捕となります」

淡々と告げる、初老のスーツ姿の……ええっと、刑事さん。手にしている白い紙は逮捕令状らしい。それを正面に突き付けられて、さすがに泉崎さんも顔を真っ青にしていた。

そのふたりを固唾《かたず》を呑むように見守るスタッフさんや、モデルさん。

あとは、ちょっとなんかテンション上がってる感じのカメラクルーさんたち。

ばっちりテレビカメラはその場面を映し続けているようで――い、泉崎さん、一体何したんだろう？　私は壁際にぴたりと寄せたパイプ椅子に座ったまま、泉崎さんの華奢《きゃしゃ》な手首に、女性刑事さんがガチャリと手錠を嵌《は》めるのを見つめた。

「な、なっ、何っ？　ほんとに、かすみ知らな……！」

「こら、暴れない！」

「い、一体、誰の許可があって……っ！　か、かすみ、すごいんだから！　こんなことしたら、かすみのフォロワーが黙ってないんだからっ！」

「フォロワーがなんなのか知りませんけれど、こっちは裁判所からあなたの身柄を拘束していい、って許可が出てるんです」

「だから何の話ーっ！」

大騒ぎしながら、泉崎さんは引きずられるように連れていかれる。

お姉ちゃんはぽかん、とした顔をして、それから苦笑した。

「……？　お姉ちゃん、どうしたの？」

「いいえぇ？　あなたのダンナ、王子様かと思っていたけれど、どうやら騎士《ナイト》だったみたいね」

「ええと、桔平くんが何？」

私の質問にお姉ちゃんは答えず、ふんと鼻を鳴らした。

「違うわね、忍者か隠密《おんみつ》？」

「お姉ちゃん、最近時代劇にでもハマってるの？」

お姉ちゃんは肩をすくめて、それから小さく笑った。

会場を出る頃には、すっかり辺りは暗くなっていた。ぴゅうぴゅう吹く冬風に、私はコートをかき合わせる。

「寒〜！」

「あ、隠密《おんみつ》」

お姉ちゃんの言葉に、私はぱっと前を向く。会場の外階段の下、桔平くんが寒風の中、まっすぐに立っていた。

六章（side 桔平）

どんなとき、どんな瞬間でも亜沙姫さんは特別だけれど——今日、絢爛《けんらん》たる世界で﨟《ろう》たけて笑う亜沙姫さんは、正真正銘の「お姫様」だった。

キラキラして、綺麗で、魅惑的。

世界中の人に自慢したい気分だ。でも一方でこうも思う。あの人は、俺の伴侶なんです。唯一です。手を出さないでください。傷つけるなんてもってのほか。

——つまり、傷つける人間は、つぶす。

舞台袖へ去っていく亜沙姫さんの姿を眺めながら、そろそろだろうか、と腕時計を確かめた。

そうして、昨日のことを思い出す。


土曜日。亜沙姫さんがバイトへ出かけてから、俺は家を出た。

ひどく、冷えた午後だった。冬の陽が低く射し、枯れ葉が宙に舞う。俺はコートのポケットに手を突っ込んだ。

駅まで向かい、ロッカーから荷物を取り出す。購入したばかりの黒いバットケースだ。中身はもちろんバットで、違法性なんかちっともない。ないと言ったらない。

それを担いで改札を通る。職務質問にはあいたくないな、と思いつつ、腹を決める。兄貴からは大目玉をくらうだろう。

「……骨くらいで済むといいけどな」

自嘲めいた笑みが、冬の乾燥した空気でなんだか痛かった。

そうして俺は「そいつ」に会いに行く。あの日亜沙姫さんを攫《さら》おうとしたクソ野郎のひとりだ。ぽかんとするそいつに笑いかけ、俺はゆっくりと肩からバットケースを下ろした。頭のどこかで、きっと痛いだろうなと他人事のように思った。

警察署で、兄貴——一番上の兄、修平は表情を動かさなかった。動かさなかったけれど、多分怒っている。

「先に言え」

「証拠がなかったから」

俺が兄貴に、というか警察官に突き出したのは、例の亜沙姫さんを攫《さら》おうとした男だった。

完全に怯《おび》えている。バットケースの中の折れた木製バットが気になって仕方ないのだろうか。

「脅したのか？」

「まさか」

俺は淡々と答える。

「たまたま見つけたこの人に、バット折りパフォーマンス見せて、最近亜沙姫さんが拉致されそう

・・・

になった話をしたたから、迷子だろうと思って親切心で連れてきた」

「……なるほどな」

休日に警察署まで呼び出されたというのに、兄貴はすぐさま来てくれた。美保さんには申し訳ない。

「鮫川警視正！」

ここの署長だという初老の男性が慌てたようにやってきて、俺と兄貴を見比べる。それから納得したような顔をした。まぁ、それだけ似ているんだろう。

すでに現場を離れ、警察庁に戻っている兄貴を頼ったのは、警察が恐ろしいほどの縦社会だと知っていたからだ。俺もまた、縦社会に身を置く者《国家公務員》だから。

「どうやってあの男にたどり着いた？」

「逆算した」

「そうか」

警察署のロビーに置いてある自動販売機から、がこんと缶コーヒーが音を立てて落ちる。

俺は兄貴の手に、ブラックのそれを押しつけた。兄貴は眉間のシワを深めたが――何も言わなかった。

兄貴と話すのは楽だ。俺の行動はおおむね今の一瞬でトレースされたんだと思う。

「無茶をやるやつだ。シロだったらどうするつもりだった」

「亜沙姫さんが意味もなく恨まれるなんてあり得ない。ゆえに犯人は泉崎かすみしかいない」

「……警察官の俺にはできん真似だ」

兄貴は少しだけ唇を緩《ゆる》めた。

「念のため聞いておく。たどり着いた詳しいルートは？」

「泉崎かすみが犯人だという前提から始めた。泉崎かすみが実行犯をどうやって選んだかを考えたとき、あの女に闇バイトとかを雇うツテがあるとは思えなかったから、じゃああいつらは泉崎かすみの周辺にいる人物だと思った」

頷く兄貴に続けて語る。

「泉崎かすみの情報はネットに溢れている。それを調べていて、気が付いた」

「熱狂的ファンの存在に？」

「……知っていたなら」

「それだけで動けるほど、警察は横暴にはできていない」

おそらくは、兄貴個人で調べてくれていたんだろう。小さく頭を下げる俺に、兄貴はほんの少し目線を向けて次の言葉を促《うなが》す。

「そのうちのひとりが、今日連れてきたやつだ。ＳＮＳを遡《さかのぼ》ったら、犯罪自慢みたいなことをしていた。泉崎との直接の接触を思わせるような投稿も」

いわゆる「匂わせ」とかいうやつだろうか。それでピンときた。

「だからカマをかけたら、あっさり泣きながら謝ってきた」

「脅迫だろうが」

「言ってなかったけど、俺は大道芸人を目指しているからな。道行く人にバット折りを見せるのが日課なんだ」

「ほざけ」

「ついでに世間話くらいはした」

「どんな」

「〝最近周囲が物騒で、妻も知らない車に無理矢理乗せられそうになったんですよ。俺は犯人見つけたら、両手両足、ついでに首くらいは折りたいなと思ってるんですけど、どう思いますか？〟」

兄貴が呆れたように俺を見る。

「それであの男は、取り調べ中保護してくれ、ここから出たくないって泣いていたのか」

俺の「パフォーマンス」に怯《おび》えていた男は、すっかりおとなしくなって、あっさりとすべてを自供したそうだ。泉崎かすみに頼まれて、亜沙姫さんを攫《さら》おうとした、と。

そのあと何をしようとしたかなんて話は聞きたくもない。

「――泉崎がどこにいるのか、知っているのか」

俺は頷く。泉崎かすみがもう何週間も前からＳＮＳでアピールしていた。〝すみょみょん、ついにファッションショーデビューしちゃいます〟。

「明日――必ず泉崎かすみが現れる場所がある」

通常逮捕は、平日の朝が基本だそうだ。つまり「確実に在宅している時間」。生活パターンを把握するための内偵捜査も行われる。けれど、この場合――共犯者が逮捕されたと知った場合、泉崎の行動は読みにくくなる。自宅に帰らない可能性もあるのだ。

だから逃亡される前に、確保してしまわなければならない。

確実に、着実に。

「聞かせろ」

兄貴の判断は早い。

俺は頷いて、ほんの少し痛む膝を無視した。

そうして、翌日――ショーの当日。

俺は煌《きら》びやかな舞台を眺める。表面上何事もなく、ショーは終演を迎えた。

その舞台裏で今頃起きているであろう大混乱を思うと、このショーの関係者に少しだけ申し訳なくなった。


ショーのあと、亜沙姫さんを待って合流し、一緒に帰宅した。

疲れているようだったけれど、少し満足そうにも見えた。派手なことは好まない彼女だけれど、少しくらいは楽しかったのだろう。お姉さんは大満足という顔で『そのまま着て帰りなさい！　可愛いから！』と、亜沙姫さんが着ていたワンピースを彼女に買い与えていた。

「あー、疲れた。さっさと着替えよ」

帰宅するなり背伸びをした亜沙姫さんは、俺を見上げ「ちょっと楽しかった」と笑った。

「楽しかったけれど――やっぱり、あそこは私の世界じゃないって感じだったね」

すごく似合っていたと思うけれど、亜沙姫さんが違うと言うのならそうなんだろう。そう考えながら、俺は彼女の髪をひとふさ摘《つま》んで唇を落とした。

「桔平くん？」

「お姫様みたいだったので、――もう少し、その姿を眺めていたいなと」

素直に言葉にすれば、亜沙姫さんは見る見る真っ赤になって照れる。

「あ、わ、あ、ありがと……」

「いえ、いつも……あなたはお姫様みたいだなと……思ってました」

「き、桔平くん！　やめてよ。私、もうすぐ三十路《みそじ》になるんだってば」

「年齢は関係ありません。亜沙姫さんは何歳になっても俺にとってのお姫様です」

ショーの高揚がくすぶっていたのだろう。いつもよりかなり直接的に好意を伝えてしまった。じっと亜沙姫さんの反応を窺《うかが》う。彼女はさらに頬を赤くし、目線をしばらく泳がせたあと、「っ、あ、あの、着替えてくるね！」と慌てた顔で寝室に入る。

俺はその華奢《きゃしゃ》な後ろ姿を眺め、口に手を当てた。頬が熱い。亜沙姫さんのあの反応は……もしかして、期待してもいいのだろうか。あんなふうに照れてくれるだなんて。

ややあって、クローゼットのある寝室から出てきた亜沙姫さんは、ストッキングは脱いでいたもののワンピースはそのままだった。

「ごめん桔平くん、背中のこれ、外してもらえないかな」

亜沙姫さんはくるりと背を向けて、後ろの髪の毛をかき上げた。背中のファスナーの一番上にある金具が、どうも外せないみたいだ。

俺は知らず深く息を吐いてしまった。どうしていちいちそんなに煽情的《せんじょうてき》なんだろう。白いうなじがあまりにも綺麗だ。

「……桔平くん？」

振り返りかけた亜沙姫さんを、背後から抱きしめる。

「すみません――少し、このまま」

そう呟《つぶや》いて、うなじに唇を押しつける。腹の奥がぞわりと興奮する。

「桔平く、ん？」

「――わざとですか？」

「何が？」

「本当に、あなたは」

俺は金具を外し、じぃぃとファスナーを下ろした。

「桔平くん、それは自分ででき……っ、ひゃあ！」

背中にキスをする。浮き出た背骨、ひとつひとつを唇で味わうように――そうしてべろりと舐め上げた。

「き、桔平くんっ、背中舐めたらだめ」

亜沙姫さんはあえかな声を上げ、身をよじり逃れようとするけれど、俺に腰をがっしり掴《つか》まれているので逃げられない。

なめらかな肌を舐めて、時折わざとリップ音をさせながらキスを繰り返して――

ぷつん、とブラジャーのホックも外してしまえば、亜沙姫さんは上ずった声で「桔平くんっ」と俺を呼ぶ。怒ったふりをしているだけで、本当は期待しているのが丸分かりな声だった。

「……なんであなたは、俺を煽《あお》るのが得意なんだろう」

俺はそう呟《つぶや》いて、さらりとワンピースを肩から落とした。振り向いた亜沙姫さんの唇に、押しつけるように強引なキスをする――反射的に開いた唇に、舌をねじ込んだ。

「ふ、ぁっ」

歯茎を撫でるように舐めていき、上顎を舐めれば亜沙姫さんの腰がびくりと跳ねた。鼻から甘えるような、可愛らしい高い声が漏れる。恥ずかしいのか、彼女は両手を組んで強く握った。ゆっくりと唇を離して、でも鼻が触れるほどの至近距離で俺は言う。

「寒いですか？」

「そ、んなことないけど……」

「よかった」

耳朶《じだ》を摘《つま》み、そのままおもちゃみたいにムニムニと弄《もてあそ》ぶ。

「……ん」

くすぐったいのか、亜沙姫さんは身をよじる。

「……っ、あ、ワンピースシワになっちゃう」

こんなときなのに気にしてしまうのが、また亜沙姫さんらしい。俺は床に落ちたワンピースを拾ってソファにかけ、ふと思いついてそのままソファに浅く腰掛ける。

「亜沙姫さん」

両手を広げ、自分から出ているとは思えない優しい声で呼ぶと、彼女は胸を両腕で隠したまま近づいてくる。

「亜沙姫」

あと一歩で触れ合う、という距離で名前を呼び、手を引いて腕の中に閉じ込める。

「ん……っ」

再び重なる唇が、ひどく熱い。

「亜沙姫さん、今日綺麗でした……本当に」

膝の間に彼女を座らせたまま、俺は着ていたセーターとシャツを脱いだ。そうして抱きしめて、首筋にかぷかぷ噛み付く。

「わ、もう、また噛む！」

微《かす》かに上ずった声で抗議されても、可愛いとしか思えない。

「ん、亜沙姫さん美味《おい》しいですから」

「美味《おい》しいってなに、あんっ」

あなたが好きだからでしょうね、と言いかけて、でも口から出せないのは俺の怯懦《きょうだ》のせいだろう。

「……俺だけかもしれないんですけど」

ほんの少しだけ話を逸らすべく、俺は続ける。

「こうやって、裸で、素肌同士で触れ合うのって、――すごく気持ちがいいです」

そう言いながら背中を撫でる。撫でては肩を噛んだり、髪の毛を弄《いじ》ったり。

「私、……私も、好きだよ」

ぴくり、と俺の肩が動く。好きの二文字が耳にこびりつく。俺の肩にとん、と頬を預けて、亜沙姫さんは続けた。

「好き」

思わず息を呑む。

「こうしてるの、好き」

「――俺も、好きです」

期待していいのだろうか。いや、もうしてしまっている。そんな気持ちを抱きながら首筋に唇を這わせる俺の肩に、亜沙姫さんがほんの少し噛み付いてきた。

「……亜沙姫さん」

「本当だ」

亜沙姫さんはかぷかぷ俺の肩を噛んで口を離すと、笑う。

「桔平くんも美味《おい》しい」

「……俺は美味《おい》しくないと思いますよ」

「美味《おい》しいよ」

そうして亜沙姫さんは綺麗に笑い、言った。

食べ合えたらいいのにね――と。

頭の中で何かが灼《や》き切れた。愛おしさに突き上げられて、俺は彼女を性急にソファに横たえる。もどかしく思いつつ下着ごとボトムスを脱ぎ、雑に床に落とした。昂《たかぶ》りの先端からは、とろりと露が溢れている。

それから亜沙姫さんの頭の横に腕を置き、ソファに乗る。ぎしりと軋《きし》んだ。

「じゃあ俺の、ここで食べてもらっていいですか」

「え？」

きょとんとする亜沙姫さんの脚の付け根に、そっと指を這わせた。くちゅっと音がする。

「何もしてないのにとろとろですよ」

「……言わないでよう」

はあ、と亜沙姫さんは悩ましげな声で続ける。

「も、ちょうだい……？」

「亜沙姫さんエロすぎません？」

かなり直截《ちょくさい》な言い方になってしまったが、今すぐ蹂躙《じゅうりん》したくなるのを我慢して眉を寄せた。そうしてぐい、と膝を押し上げて、足を広げさせる。

「入り口、ひくひくしてるの、分かります？」

「言わないでってばあ……」

蕩けた粘膜がちらりと見えるそこに俺のを宛《あて》がっただけで、きゅうっと吸い付いてくる。先端だけ挿《い》れ込むと、気持ちよさそうに窄《すぼ》んで締め付けてきた。でも締め付けられすぎて、ぬるりと抜けかけてしまう。

「力、抜いてください。入らないですよ」

食べてくれると言ったのに、と汗ばんだ彼女の額《ひたい》を撫でる。

「や、……っ、だって……」

「ああもう、本当に……可愛い」

優しく髪を撫でてから、腰を掴《つか》んでぐっと一気に奥まで押し入った。

「ぁ、ぁあっ、あ……！」

一番奥にぐっ、と当てれば、堪《こら》え切れないように亜沙姫さんは爪先《つまさき》を跳ねさせる。肉襞が痙攣《けいれん》しながらうねって――イってるのが丸分かりで、それもまた愛おしく思う。

「は、ぁ、あ……っ」

溢れた高い声を聞いて、思わず膝をかぷり、と噛んだ。

ソファはそう大きくはない上に俺はでかいから、少し動くだけで亜沙姫さんはずり落ちそうになる。必然、俺にしがみつくような姿勢になって、そうなるとより深く繋《つな》がってしまう。

気持ちよくて、頭が真っ白になりかけた。ずるりと抜ける寸前まで引いては、抉《えぐ》るように打ち込む。淫《みだ》らな水音が舞い、そのたびに亜沙姫さんからは甘えるような声が溢れた。とても恥ずかしそうなのに、どうしても止められないみたいだ。

「つあ、ぁあっ、きもち、ぃっ」

「亜沙姫さん」

ナカがうねる。呑み込もうとするみたいに締まって、むしゃぶりつくように奥に誘う。

「はは、俺のすげえ食われてる。美味《おい》しいですか？　亜沙姫さん」

「……っ、ふぅ、っ、うんっ」

抽送するたびにぐちゃぐちゃに蕩けた粘膜を擦る。そうして高まったナカの一番柔らかな奥をぐっと穿《うが》つ。最奥に打ち付けるたびに亜沙姫さんは軽く達してしまって、もうわけが分からない、といった顔で喘《あえ》いだ。とろとろのイキ顔がいちいち俺の興奮を誘う。

「あー、くそ、可愛すぎですよ」

「は、桔平くん、きもちぃ、すき、おく、……っ、深あ……っ」

「はは、聞こえてないか」

聞こえているのかいないのか、喘《あえ》ぎながら俺にしがみつくことしかできない亜沙姫さんの首筋を、何度も噛む。かぷかぷと、やわやわと。味わうみたいに。

「ぁ、やめ、っ、……！」

ぐちゅん、と奥をかき回せば、俺にしがみついたまま亜沙姫さんは美しくのけぞる。

「ぁ、っ、イって、る……っ、桔平くん、桔平くんっ」

入り口と、最奥が同時に窄《すぼ》まった。ぎゅうっとうねる肉厚な粘膜は、俺に吸い付いて白濁をねだってくる。その健気な反応に我慢し切れず、俺は腰を強く激しく彼女に打ち付けた。ただ欲を吐き出すための自分勝手な動きにがくがく揺さぶられながらも、亜沙姫さんが深く達しているのが分かる。イく、イっちゃう、イってる、と叫ぶように亜沙姫さんは泣いた。

「……く、っ」

全部吐き出し、亜沙姫さんの顔を覗き込んだ。彼女は俺を見つめたまま、ゆっくりと目蓋《まぶた》を下ろす。きっと、ひどく——疲れているのだろう。

俺はそっと彼女を抱きしめた。そこでようやく安堵した。

「守れた」

そう、呟《つぶや》く。胸の奥がじわじわと温かくなった。安堵が、ようやく指先までを満たす。微《かす》かに震える指先で、何度も亜沙姫さんのなめらかな肌を撫でた。


数日後、俺は亜沙姫さんに一枚の紙を渡した。

「なぁに、これ」

「兄貴経由でもらってきました。念書です」

「念書？　……これって」

「弁護士から預かったそうです。ネコ二匹の所有権を手放す、と」

泉崎のサインと、弁護士の名前の横にきちんと判子も押してある。

「警察署で証拠物件として預かっていた雄《オス》ネコのほうも、明日には引き取れるそうです」

「……飼っていいの？」

恐る恐る尋ねる亜沙姫さんに、俺は肩をすくめる。

「俺は多分、ネコには嫌われてますけど」

「そんなことないと思うよ？」

「……動物に好かれたことがないのですが」

俺だけじゃない、兄弟全員そうなのだ。

「そうかなぁ。あ、ねえ、キャットウォークつけたいなあ。ネコ砂も買わなきゃだし、危ないものは片付けないと……ってそういえば、大家さんはご親戚の方だよね？　ネコ、いいって？」

「取り壊し予定の家を借りたので。好きにしていいそうです」

「ほんと!?」

亜沙姫さんはほっと息をつく。

「避妊の時期も考えないと……予防接種とかはしてたっぽいけど」

「そのへん、泉崎は……なんというか、ネコを飼うというよりは、自分の持ち物の最低限のケアはしていたという印象ですね」

「……そ、だね。だから、なんか合わない、思っていたのと違う――で、手放せる存在だったのかな」

靴を磨いたり、服にアイロンをかけたりする感覚。

そんな会話をしつつ、俺は少しソワソワしていた。そうか、ネコを飼うのか。

「どうしたの？」

「いえ、その――懐いたら、撫でたりできますかね」

「できると思うけど。なんで？」

「昔から、触ろうとしたら逃げるか、逃げなくても威嚇《いかく》されるか、しか経験がないので」

亜沙姫さんはかわいそうなものを見る目をして、「……頑張ろうね」と手を伸ばし、俺の頬をムニムニと揉んだ。

さて、一番上の兄貴である修平と会うのは、実のところそこまで難しいことじゃない。

同じ霞ヶ関の、目と鼻の先。というか、斜め向かいの建物が警察庁だからだ。めったに会うことはないけれど。

雲ひとつない、よく晴れた月曜の早朝。ビル風がぴゅう、と頬に冷たく、カサカサと枯れ葉が舞う。まだほとんどの人が登庁前のこの時間を、兄貴は指定してきた。缶コーヒーを俺に押し付けた兄貴は、「歩きながらでいいか」と言う。

ん、と返事をしながら、俺は温かなそれを受け取る。捜査の進展について、少し聞いておきたかったのだ。

「泉崎かすみだが」

「あいつ、素直に吐いたのか？」

「素直というか」

兄貴は難しい顔をして続ける。

「……素直すぎるというか」

「どういう意味だ？」

「現場からの報告を聞いての、あくまで俺の感触だが」

兄貴と並んで歩いていると、時折通行人にぎょっとした顔で振り向かれる。ふたりしてでかいから仕方ない。

「おそらく、何が悪いか分かってない」

兄貴の報告に、思わず絶句した。何が悪いか分かってない？　逮捕までされたのに？

「だから、事実を淡々と答えている」

「亜沙姫さんを逆恨みで襲っておきながら？」

「――その件だが」

兄貴はほんの少し、眉間にシワを寄せて逡巡《しゅんじゅん》した表情を浮かべた。

「桔平、お前三鷹には近づくなよ」

「三鷹？　……女子留置所？」

俺の返答に、兄貴は頷く。ややあって、心を決めたように口を開いた。

「いずれ耳に入るだろうから言っておく。――いいか、泉崎かすみの目的はお前だった」

「――は？」

混乱のあまり間抜けな声が出た。――俺が目的？

「泉崎かすみがＳＮＳ上で人気があったのは知っているな？　その上で、泉崎がライバル視していた人物がいる。――もっとも相手の方は泉崎を認識すらしていなかったらしいが。ネコを飼ったのも、その人物が保護ネコを引き取ったのがきっかけだ」

手の中で、温かかった缶コーヒーが少しずつ冷えていく。そういえば、関連動画でそんな内容を見かけた。兄貴は言葉を続ける。

「やがてその人物が婚約した。相手はキャリア官僚だった。泉崎かすみは『だから鮫川先輩と結婚しようと思った』のだそうだ」

泉崎の論理の飛躍に頭がついていかない。

「あいつは……ネコのことで、亜沙姫さんを逆恨みしていたのでは」

「ない」

兄貴はキッパリと言った。

「担当刑事いわく、ネコのことは言われるまで忘れていたそうだ」

今度こそ、本当に絶句した。

つい先日、警察署から引き取ってきた、白い雄《オス》ネコ。案の定、俺を警戒しているけれど、亜沙姫さんにはすぐ懐いて、そのしなやかな身体を撫でられていた、あの綺麗な白ネコ。名前はプランス――フランス語で「王子様」だ。

『どっちもプランちゃんなのか！』

亜沙姫さんはネコを抱き上げて、困ったように笑っていた。

……それよりも、俺が、巻き込んだ？

ひゅっと息を呑む。俺のせいで、亜沙姫さんをあんな目に。そんな下らない理由で、彼女を。

拳《こぶし》を握りしめた。強く、強く。

「でも――亜沙姫さんを襲わせる理由がない」

なぜそれが、俺と結婚することに繋《つな》がる？　泉崎の考えていることが分からない。兄貴はもう一度、大きく息を吐いた。兄貴の視線は遠くを見つめている。

「泉崎はこう言ったらしい。『あの女は清純ぶっているけれどビッチに違いない。だから、無理矢理でもヤらせたらその化けの皮が剥《は》がれるだろう』と。その様《さま》を録画して、お前に見せようとしていた」

兄貴は……あえてだろう。フラットな声で淡々と言葉を紡ぐ。

「それを見れば、お前の目も覚めるだろう、と」

俺はもう、目の前が真っ赤で――もちろん錯覚だけれど――脳の血管が切れたのかと、そう思った。

「――お前のせいじゃない。お前たちふたりは、巻き込まれただけだ」

「三鷹にいるのか？　中央線でよかったよな」

「だから嫌だったんだ」

ぐ、と肩を掴《つか》まれる。舌打ちして振り払うと、胸ぐらを掴《つか》み上げられた。

頭の芯が冷えていく。なのに身体はひどく熱い。

「兄貴、離せ」

「冷静になれ、桔平」

胸ぐらを掴《つか》む手を振り払えば、兄貴は視線を鋭くする。

「久々にやるか？」

俺はそう言って一歩半下がり、間合いを取る。兄貴はふう、とため息をついた。

「この歳で、もうケンカなどするか。美保に心配かけるだろう。お前もそうだろうが、桔平。亜沙姫さんにこれ以上心労をかけるな」

――亜沙姫、さん。

桔平くん、と俺を呼ぶ涼やかな声を思い出し、俺は俯《うつむ》く。

「何はともあれ、事件は解決しているんだ」

「……悪かった」

兄貴は頬を緩《ゆる》めて、俺の頭をぽん、と撫でた。小さい頃、兄貴とケンカしたときと同じ仕草で。

そうして、やっと理解した。「嫌だった」と言いながらも、わざわざ自分から事件の顛末《てんまつ》について俺に報告してくれたのは――俺を止めるためだったのだ。俺はすぐ暴走するから、他の人間やネットあたりで情報を拾われるのを恐れたのだろう。

「……自分が嫌になる。いつまでも子どもで」

「そうだな。まあ昔よりはマシだ」

そう言われると、ぐうの音も出ない。

いつまで俺は、短絡的《バカ》で直情的《バカ》で子ども《バカ》なんだろうか。

「まぁ、そのおかげで早期解決となったのだから、お前の猪《いのしし》みたいなところもたまには役に立つと思っていいだろう」

「……褒めてないだろう」

「バレたか」

兄貴がぽん、と背中を押す。気が付けば、もう庁舎の入り口だった。

「ところでひとつ気が付いたことがある」

「なんだ？」

「お前、亜沙姫さんにきちんと気持ちを伝えていないだろう」

微《かす》かに目を見開いた。慌てて取り繕《つくろ》うも、兄貴は肩をすくめる。

「まあ、俺に言えたことじゃないんだが」

「どういう意味だ？」

ふ、と兄貴は笑って肩をすくめる。兄貴と美保さんにも色々あったのかもしれない。ガキな俺からしたら、ふたりは完璧な夫婦であるように見えていたけれど。

「伝えろよ」

「……分かった。あと」

俺は小さく息を吸う。

「八つ当たりしてごめん」

子どものように謝り、歩いて会社《庁舎》へ向かう。手の中で、ずいぶんと冷たくなっていた缶コーヒーを、ぐいっと飲み干した。

なんだかひどく亜沙姫さんに会いたくなってしまった。

七章（side 亜沙姫）

私はゲンナリして研究室のすみっこでおにぎりを頬張っていた。

「お姉ちゃんのせいだ！」

例のモデルになった件、ＳＮＳにも写真たくさん上がってるし、いわゆるキュレーションサイトにもまとめられて。

『みなさん、このモデルさんを知ってますか？　パリで活躍するモデル、棚倉真妃さんの妹さんです。身長が低かったためにショーモデルを諦めて、今は都内の大学に通っているみたいです！』

諦めてないよ！　最初からそんな進路は想定してないよ！

あのショーから一週間経ったのに、未だに妙な注目を受けて——なかなかのストレスだった。

「……私はモデルじゃない！」

学食へ行ったら友達が（八割方からかい半分で）サイン求めてくるし、周囲にひそひそされるし、写真まで撮られてもう嫌だ！

「……何してんの、鮫川さん」

三島さんの声に、私は本棚と本棚の間から抜け出す。埃っぽかったので、ぱんぱん、とお尻をはたく。

「隠れていたんです」

呆れたように、三島さんはさっきまで私が隠れていたスペースを見遣る。

「……嫌なんですよ、目立つの」

「なぜ？」

「気性です。生まれつきです」

ショーに出たときは高揚したけど……あれは桔平くんに褒めてほしかったから、で。

『お姫様、みたいです』

思い出すと、ふんわり胸があったかくて痛い。切ない。好きすぎて、ちょっとしたひとことにさえ一喜一憂している。

「……顔、赤いぞ？」

「はっ」

私は両手で頬を覆った。わぁ、もう。

「……あ、そういえば、今日プランちゃん連れて帰ります」

「マジか」

三島さんは少しがっかりした顔をする。

「あれ、もしかして、三島さんもプランちゃん引き取りたかったりしました？」

「まあな。でも友達いたほうがいいよな」

三島さんは肩をすくめる。女の子のほうのプランちゃん、先輩にも懐いてるし、もしかしたらそれでもいいかもなんだけれど……

「ところでさ、鮫川さん。大したことじゃないんだけど、一応伝えたかったことが」

なんですか、と三島さんに目をやると、「ふたりとも、そろそろ来るよ～」と若松教授が言った。

「わ、もうそんな時間ですか」

今日は大掛かりな解剖が入っている。本棚の間でじめじめしている場合じゃなかった、もろもろ準備しなくちゃだ。隣県の水族館からの献体——ミナミゾウアザラシだ。

「そうだ。三島さん、ゾウアザラシ飼えばいいじゃないですか。同じネコ目」

ネコ目鰭脚《ききゃく》亜目アザラシ科ゾウアザラシ属ミナミゾウアザラシ……

「お前はなぁ……」

三島さんは私の素敵ジョークで鼻にシワを寄せただけだった。

「冗談ですよ」

「知ってるよ」

私たちは着替えて雨合羽《あまがっぱ》を羽織った。大きい生き物の解剖は、白衣ではやれたものじゃない。血《ち》塗《まみ》れになる。

そのあと、実験棟の裏にあるプレハブ小屋に向かった。屋外はひどく冷えている。底冷えだ。葉をすっかり落とした木々の枝の隙間から、冬の柔らかな陽が射し込んでいた。だけどそのわずかな暖かさは、吹き荒《すさ》ぶ冬風であっという間に散らされていく。

大型生物を解剖するプレハブ小屋の前には、すでに学部生と院生も集まっていた。

「歩いて歩いて。モデル歩き」

「ぜーったいやだ！　ていうか撮らない！」

解剖記録用のデジカメでパシャパシャ撮られる。顔見知りの彼らからは、やはりショーのことでやいやいとからかわれてしまった。くそう。

騒いでいるうちに、ミナミゾウアザラシの献体が運ばれてくる。老衰で亡くなった貴重な献体だ。

「おっきい」

「雌《メス》だからまだ小さいけどな～。これで四百キロくらい？」

「教授、雄《オス》を解剖したことあるらしいぞ」

「えぐー。雌《メス》とは大きさ全然違うだろ。三トンくらいか」

献体が到着すると、みんな私のことなんかすっかり忘れて、三メートルを超すミナミゾウアザラシに夢中だ。珍しい生き物を解剖するときは、いつも学部と研究室の枠を超えて見学の人でいっぱいになる。

さっきまで「アサヒたーん！」とか言って撮られていたデジカメは、もう私を向いてなんかない。

「さむっ」

プレハブ小屋に入るも、中は陽が当たらない分、外より寒かった。一階建てだけれど、天井が高くて窓も高いところにあるのだ。

「まぁ、寒いほうが腐らないから」

「そうなんですけどね～」

男子学生と業者さんが苦労して、ゾウアザラシを室内に運び込む。作業台の上にいるゾウアザラシにみんなで黙祷《もくとう》して、剥皮――皮を剥《は》がす作業を始める。おお、皮膚が分厚い……

気が付けば、冬の陽はすっかり傾いていた。何人か学部生も入れ替わっている。

「あ、じゃあ私も研究室戻ります。まだ作業残ってるんで」

「おう、お疲れ」

「お疲れさまでしたー」

三島さんと学部生に見送られ、雨合羽《あまがっぱ》と手袋を捨てて手を洗った私はプレハブを出る。

ぴう、と冬の風が吹いた。さむさむ、と早足で研究室に戻る。

研究室でぬくぬくとあったかなコーヒーを飲みつつ、自分の作業をこなしていく。

ふと窓の外を見れば、いつの間にか暗闇が広がっていた。学内の外灯がぼんやりと冬の木々を照らしている。ぐー、と背伸びをして、ふと気が付く。

「……あれ？　スマホ」

鞄の中を探しても見当たらない。机の上にも棚にもない。

「プレハブかなぁ」

首をひねりつつ、帰宅する準備を終わらせて研究室を出た。刺すような寒さに、思わず身を縮める。プレハブの安っぽいガラス窓からは、蛍光灯の明かりが白々と漏れていた。

「お疲れさまです」

「鮫川さん？　まだ帰ってなかったのか」

プレハブの中には、もう三島さんだけだった。続きは明日以降なんだろう、ある程度片付けが終わっている。三島さんも雨合羽《あまがっぱ》を脱いで、奥のスチールデスクで書類をまとめていた。何もこんな寒いところでやらなくたっていいのに。座っているパイプ椅子がまぁ、これまた寒々しい。

「忘れ物してて……と、あった」

窓際の奥の棚にスマホが置いてある。私は作業台を遠回りして、スマホを手に取った。

「それ、誰のかと思ってた」

そう言いつつ、三島さんは自分の荷物を持った。研究室に戻るつもりなんだろう。

ふたりして扉のほうへ向かい、三島さんが電気のスイッチをぱちん、と切った。

「ところでさ、さっき言いかけてた話」

「ああ、ゾウアザラシ来る前の。伝えておきたいことってなんです？」

「前も言ったけど……旦那さん、ちゃんと鮫川さんのこと好きだと思うよ」

唐突な話の転換に、目を瞠《みは》る。

「前に『誰でもよかったにしたって』って言ってたけどさ、絶対そんなことない」

三島さんの顔は薄暗くてはっきりとは見えない。どういう意図で言っているのか分からず、私はちょっと戸惑った。

「それは……人としては好かれているような気はしますが」

「鈍いなあ。鮫川さんからも、ちゃんと気持ちを伝えたほうがいい。オレはさ、それで……後悔したから」

鈍い私でもさすがに、その言葉に込められた意味は分かった。……三島さん、本当にちゃんと私のこと好きでいてくれたんだな。

「……ごめんなさい。中学のとき、きちんと三島さんに聞いてみればよかったですよね」

「ああ違うんだ。もう吹っ切れてて。というか、あれはオレが百パー悪いし。ただ、その、なんていうかさ。初恋の女の子にはきちんと幸せになってほしいだろ？」

彼がそう朗《ほが》らかに言った瞬間――ドアの外でカチャンと音がした。ふたりで首を傾げながらそちらに視線を向ける。

「まぁた、プレハブ開けっ放しだ。全く最近の学生は……」

呆れたような、少し嗄《しわが》れた声がしたかと思うと、カチン、という金属音が部屋に響く。すぐに、ぶおん、という原付のエンジンが聞こえた。……誰か走り去っていきました？

私が間抜け面《づら》を晒《さら》している間に、三島さんが慌てたように扉に飛びつきガタガタと揺らす。

「……っ、施錠された」

「え？」

この解剖室は間に合わせで作ったもので、簡素な造りをしている。予算が下り次第、きちんとしたものを建てる――って言いながら数年経つらしいけれど。まぁ国公立大学なんてどこもお金がないものだ。

そんなわけでチープなプレハブだから、鍵は外からしか施錠できないようになっていた。もちろん、内側から鍵は開かない。

「悪い。電気消してたから、もういないと思われたのか……」

「こ、声くらいかけてくれても。一体誰が」

「警備員じゃないか？　ここの鍵、開錠してると飛び出てるから」

開錠時は鍵を回す部分が少し飛び出ているので、外から見て、鍵がかかっているかどうか一目で分かるのだ。

「帰る途中に見かけて閉めてくれた――んだろうけど」

三島さんがカチカチと電気のスイッチを押す。この簡素な造りのプレハブは、火災防止のために誰もいないときはブレーカーを落とす。最初に聞こえたカチャンという音が、多分それだろう。

「三島さん、すみません……反応遅れました」

すぐに声をかけたら警備員さんも開けてくれただろうに……

「と、とりあえず助けを……って、あれ」

私はスマホの電池残量を見て目を剝いた。解剖前まで二十パーセントはあったのに、もう一まで激減してる！

「寒いからかな。気温が低くなると、リチウムイオン電池の化学反応が鈍るから」

「ああそっか、電圧足りなくなっちゃうんだ。気をつけます」

いや気をつけますじゃなくて、と自分に突っ込む。今！　今だったんだよ！

とりあえず鍵を持っているであろう、今日もここに参加していた友達に電話をかけ……

「きゃぁああ！」

我ながら悲壮な声が出る。まさか、ここでの電源落ちだなんて！

「すみません！　電源落ちました！」

「オレのスマホは研究室だしな……」

三島さんはぐるりと辺りを見回す。見回したって、あるのは解剖途中のゾウアザラシだけだ。血の匂いが濃くなったような気がした。

「あそこ、登るか？」

「え、私多分無理です」

天井近くにある窓。換気のためについていて、背が高い人なら踏み台があれば開けられる。いないときはモップの柄で開け閉めするのだけど、だいたい一・五階分くらいの高さがあった。よじ登れたとしても、まぁ落ちるだろうな……私、どんくさいし……

「鮫川さんにやらせようとは思わないよ」

三島さんが苦笑した。

「鍵はオレも持ってるから。あそこから出て、それで開けるよ」

三島さんが扉を目線で示す。

「え、危なくないですか？」

「大学の構内で遭難したくはないだろ？　下手すると死ぬよ、この気温は」

「……うう」

その通りです。ちら、と窓を見上げて桔平くんを思う。心配するよなぁ、一晩連絡取れなかったら。諦めて三島さんに頑張ってもらうしかない、と思ったそのときだった。

「うわ!?」

ガタガタとその窓が大きく揺れた。揺れたというよりも、ガン！　ガン！　と力任せに横に揺さぶられている。ややあって、カラカラと開いたそこから、聞き慣れた男の人の声がした。

「亜沙姫さん！　大丈夫ですか！」

「き、桔平くん!?　何!?」

なんでいるの？　ていうか鍵、どうやって開けたの!?

「迎えに来たら、亜沙姫さんの悲鳴が聞こえて」

「悲鳴？」

あ、スマホの電源が落ちたときのか。

「扉は開かなかったので、よじ登りました」

「外側から!?」

そ、そんなボルダリングみたいな真似を……！　ていうか、あれでクレセント錠開くんだ……モップで開け閉めしてたから、きちんと閉まってなかったのかなぁ。

「……そいつに何かされたんですか？」

暗くて、桔平くんの表情は見えない。でも多分、ものすごく険しい目つきで桔平くんは三島さんを見ている。

三島さんはどこか気が抜けたような声で笑った。

「してないよ」

「……本当ですか」

桔平くんの低い声……、じゃない、今はとりあえずここを出なくちゃだ！

「行き違いがあって、鍵が開かないの！　三島さん」

三島さんは頷き、鍵をぽんと桔平くんに向かって投げた。月明かりでそれがキラリと光る。

桔平くんは難なく受け取って、さっと窓から姿を消した。

「鮫川さんの旦那、忍者みたいだな」

「姉からは隠密《おんみつ》と呼ばれてました」

小さく笑うと、三島さんが「なぁ」と私に声をかける。

「なんですか？」

「嫁の悲鳴が聞こえたからって、普通、壁よじ登らないよ。――『誰でもよかった』んなら。そんな程度の存在なら」

思わぬ言葉に私はぐっと黙った。三島さんは静かに続ける。

「さっきも言ったけど――鮫川さん、素直になったほうがいいよ。ちゃんと好かれてる。女性として愛されてるって」

私は黙って、桔平くんが鍵を開ける音を聞いている。私のことをお姫様だと言ってくれる桔平くん。……姫なんて字が似合わないはずの私を、彼は本当に、お姫様……って？

無言の私に苦笑した三島さんは、「あとさ、あのネコオレに譲ってくれ」と唐突に言った。

「雌《メス》のプランちゃん？」

「めちゃくちゃ大事にして可愛がるから」

やがてガラガラと扉が開き、桔平くんの大きな影が見えた。

「亜沙姫さん」

その声がした方に、私は弾かれたように顔を向ける。肋骨《ろっこつ》の奥が小鳥みたいにひそひそと騒めいている——お姫様、と呼ばれた、そんな気持ちになる「亜沙姫さん」。

「鮫川くん。ありがとう、助かった」

三島さんのお礼に、桔平くんは軽く会釈する。歩き出す三島さんに続きつつ、プランちゃんのことについて返事をする。

「三島さん、さっきの件はちょっと考えさせてください」

桔平くんがびくりと肩を揺らした。不思議に思って見上げると、月明かりの中、凍りついたような表情を浮かべている。

「……何を」

急に掠《かす》れた声を不思議に思う。桔平くん、どうしたんだろう。

「何を、考えるんですか？」

「ええとね」

私だけの話じゃないしなぁ、と考えつつ、桔平くんの腕に触れた。あったかくて、安心する。

「女の子のほうのプランちゃん。三島さんも飼いたいんだって」

「……あ」

桔平くんの腕から力が抜けた。そうして深く息を吐く。

「そう、なんですか……」

「そうなの。あのー、三島さん。とりあえず今日は連れて帰ります。どっちにしろ、雄《オス》のプランとの相性見てみなきゃだし」

「分かった」

プレハブ小屋の外側から三島さんが鍵を閉める。

挨拶《あいさつ》をしたあと、三島さんは研究室方面、私と桔平くんは付属の病院の方に歩き出す。プランちゃんは引き取り前の健康診断を受けていたため、そちらにいるのだ。

「えっと。怪我はない？」

「ないです」

きゅ、と桔平くんは私の手を強く握った。

その声には安心が大きく滲んでいて、大きな手は温かくて——さっき三島さんが私に言ったことが頭に浮かんで、若干、いやかなり、挙動不審になりつつプランちゃんを迎えに向かった。

桔平くんは……誰でもいいわけじゃなかった、の？

そうして帰宅後、私はめちゃくちゃになった居間で、雌《メス》のプランちゃんを腕に閉じ込めて叫ぶ。

「ネコ怪獣プランｖｓネコ怪獣プランだ！」

人間まで巻き添えをくらって、腕なんかは引っかき傷ですごいことに……私は慣れているけれど、桔平くんは毛布に包んだ雄《オス》プランを恐々と抱きしめて目を白黒させていた。

「これは、……一緒には飼えないね」

「……そのほうがいいと思います」

桔平くんは落ち着いた声音で言う。さっきまでのネコ怪獣たちの恐慌状態が落ち着いて、桔平くんも冷静になったみたいだ。ネコというものは獣だ。普段は寛大な心でおとなしくしているだけで、性格によっては熊や猪《いのしし》に向かっていく子もいるし、なんなら追い払うことだってある。思っている以上に獰猛《どうもう》で力が強いため、パニックになると落ち着かせるのは至難の業《わざ》。

「今日はここでごめんね。怪我しちゃうと大変だからね」

二匹をそれぞれ別の部屋で、ゲージに入れる。大ゲンカ、すぐに止めに入ったからネコたちに怪我はほとんどなさそうでよかった。人間は傷だらけになったけれど。

洗面所の水道で傷口を流して、石鹸《せっけん》でよく洗う。

「ひどくはないからこれで大丈夫なはず。腫《は》れたら教えてね」

「分かりました」

桔平くんがこくりと頷く。その仕草がなんだか可愛らしくて、背伸びをして頬を撫でた。桔平くんは目を細めて少し嬉しそうにしていて、それを見ているとどうにも頬に熱が集まる。

ネコ戦争でどっかに行ってたけれど――桔平くん、本当に私のこと好き……だったり、するのかな。ちらりと見上げると、不思議そうな顔をされた。なんか余計に顔が熱くなる。耳朶《じだ》まで赤いかも、と目を逸らしたら——手首を掴《つか》まれた。

「亜沙姫さん」

名前を呼ばれて、指の先に恭《うやうや》しく唇を落とされる。

「な、なぁに」

「なんでそんなに可愛い顔してるんですか？」

「か、かお？」

「表情」

ひとことで言い返されて、どんな顔してたのかな——なんて思ってるうちに唇が重なる。

最初は啄《ついば》むように何度もキスが重ねられ、やがて物欲しげに半開きの私の唇にねじ込まれた舌が、私の口の中をぐちゅぐちゅに蹂躙《じゅうりん》していく。気が付けば寝室で押し倒されて、散々に貪《むさぼ》られてしまっていた。

「亜沙姫さん」

終わったあとキスをしながら、桔平くんは耳元で名前を呼ぶ。

返事をしたかったけれど、なぜか出てこない。心地よい、温かな泥のような眠気。

くぅ、と寝息のような声が出た。桔平くんが小さく笑う気配がしたあと、布団が擦《こす》れる音がして、桔平くんが布団に潜《もぐ》り込む。

ぴっ、というリモコンを操作する音と一緒に、目蓋《まぶた》の向こうで電気が消えたのが分かった。

それから静かに抱きしめ直された。丁寧に触れてくる指先からは、私を起こさないようにという気遣いが感じられる。もしかして、毎日こんな感じなのかな？

起きたら抱きしめられているような、そんな毎日なのだけれど……そっかぁ。

胸がじんわりあったかくなる。同時にドキドキした。でも——私の身体はやっぱりもう限界なんだろう。目蓋《まぶた》がちっとも動かない。

微睡《まどろみ》にじわじわと呑み込まれて、すぅ、という自分の寝息が聞こえて——少しだけ意識が浮上した。

眠ったのは一瞬だったと思うけれど、うとうとと、ちょっとだけ夢を見ていた。

ネコ怪獣の夢だ。ビルより大きなプラン二匹が街を暴れ回る。私は必死でネコおやつを振り回して「ほら！　ほら美味《おい》しいから！」と二匹の気を引こうと必死で街を駆け回るのだ。

もう少し続きが見たい気がして、また微睡《まどろみ》に身を任せようとしたとき、ふ、と桔平くんが息を吐き出す。

そうして小さく——小さく、私の名前を呼んだ。

「亜沙姫さん」

そうして、密やかな声で続けた。

「好きです。——愛してる、亜沙姫」

心臓はばくばくと鼓動を刻むのに忙しい。さすがに意識がはっきりした。

「亜沙姫」

本当に幸せそうに、桔平くんは言って――

ばちっと目を開いた。だって、だって、だって。

「っ」

桔平くんが目を見開く。少し目つきの悪い、強面《こわもて》のかんばせが驚愕のあと動揺に染まった。

「亜沙姫、さん、その、俺は」

桔平くんの端整な眉目《びもく》が、焦燥で歪んでいる。私は、彼のこんな顔は初めてだなとぼんやりそれを見つめて……ああそうじゃない、と慌てて桔平くんにしがみついた。

「っあ、亜沙姫さ――」

「好き」

びくっと桔平くんの広い肩が揺れた。私はその肩に甘えるように頬を寄せる。

「大好き」

「……俺、夢、見て」

「夢じゃないよ。えい」

むにりと彼の頬をつねる。いつから好きになってくれていたの。最初はそんなことなかったよね？　じゃあ結婚してから……ああどうしよう、嬉しい。嬉しくて仕方ない。どきどきと心臓が高鳴っていて、うまく考えが言葉にならない。

その間に桔平くんは私の頭の横に腕をつき、顔を覗き込んできた。焦燥が消えたそこには、隠し切れない期待が浮かんでいる。

「それは、どういう意味での好きか……聞いていいですか」

そうしてそのまま一気に続ける。

「ちなみに俺は、亜沙姫さんのことを女性として心から愛しています」

私はえへへと微笑んだ。胸の奥があったかくて嬉しくて切なくて泣きそう。桔平くんが私の目元に唇で触れる。それから親指の腹で優しく擦《さす》った。――泣きそうなんじゃなくて、泣いちゃってた。ぽろぽろと、はらはらと。

「私も、そう。とってもとっても大好きだよ、桔平くん」

言うや否や、ぎゅうっと強く抱きしめられた。息もできないくらいに強く、強く。

「大好きです」

桔平くんは何度もそう繰り返す。愛してますって、大切ですって。私も一生懸命言葉を返すけれど……どうだろう、ちゃんとこの気持ちは伝わっているのだろうか。


翌日、結局、雌《メス》のプランちゃんを連れて大学に向かった。

「もうとてつもなく相性が悪かったです」

夜になって、ようやく教授とゆっくり話をする時間ができた。こういうときに限って、やたらバタバタせわしない。三島さんには連絡済みだ。

「そうなんだねえ。ネコの世界も複雑だ」

教授はデスクでプランちゃんを膝に乗せ、よしよしと撫でながら目を細めた。

「それで言うと、君と鮫川くんはとっても相性がいいよねえ。鮫川くんの好き好きアピール、本当にすごかった。いつ付き合うのかなと思っていたら、いきなり結婚しちゃったからびっくりしたけど」

「…………え？」

私はきょとんと教授を見る。そして一気に頬に熱が集まるのを感じた。

「え、ええ、えええええ？　す、好き？」

「え、気が付いてなかったの？　鮫川くんが君を好きだって？」

「……あの、教授。もう一度言っていただけますか」

私はとっても混乱していた。だって、桔平くんは、結婚してから私のこと好きになってくれたんじゃないの……？

「鮫川くん分かりやすかったじゃん、君が好きだって。学生の頃からも就職してからも、理由つけてちょいちょい君に会いに来てて」

「……え？　ええ？」

あの日――桔平くんに初めておにぎりを食べさせた日。それ以来、懐かれたなぁとは思っていた。思ってはいたんだけれど……

「あの頃は……メガネザルとダンゴムシで頭がいっぱいで……」

「あっはっは、鮫川くんカワイソウだなぁ！」

教授は楽しそうに笑う。

「でもまぁ、鮫川くんも悪いよね。ウン、悪い」

うんうん、と教授は頷きながら続ける。

「愛してるなら愛してるって、ちゃんと毎日言わないとねぇ〜。僕なんかここ数年、毎日言ってる。ハワイでガイドさんに言われたからね」

「……それは」

私にも言える、ことなのだけれど。

ちゃんと気持ちを——伝えてなかった。……でも、それならなんで桔平くんは「契約」なんてものを持ち出したんだろう？　そのあたりも聞いてみていいのかな。

「わぁ、赤くなってるよ」

「い、言わないでください」

慌てる私に、教授はケタケタと笑うだけだった。ちょうどそのときドアが開く。

「ごめん遅くなった。色々ネコグッズ揃えに行ってて」

「あ、三島さん」

三島さんは教授の腕の中にいるプランちゃんを見つけて、嬉しそうに微笑んだ。

「鮫川夫妻には悪いけど、飼えて嬉しい」

「連絡した通り、もう相性がすっごく悪くて……」

「まぁ、ネコにだって色々あるよ」

教授と似たようなことを言ってプランちゃんを受け取った三島さんは、嬉しそうに頬ずりした。

白い、しなやかなプランは抵抗なく三島さんの腕の中におさまる。

「……なんだよ」

「嫉妬してます。まるでプランちゃん、最初から三島さんのところに行くつもりだったみたい」

「あはっ、だとすれば嬉しいけど。な、プラン——オレの、お姫様」

すっかりネコ下僕に成り果てている三島さんは、プランちゃん——本名、プランセスちゃんに目尻を下げてめろめろだ。プランセス——フランス語で「お姫様」。

「プランちゃんにとっての王子様は三島さんだったのかな」

「なんだそれ」

「ふと思っただけです」

もうそんな時代じゃないんだろうけれど——昔話では、魔女に囚われたお姫様は、王子様に助けられる。

「——ま、だとしたら。鮫川さんにもプランスいるじゃん。忍者だけど」

最後の言葉で、相手がネコでなく桔平くんのほうなのだと分かる。

「人の夫を忍者呼ばわりしないでください」

「なら隠密《おんみつ》」

「同じです」

三島さんは楽しげに顔を崩す。そうして入り口のドアを指さした。

「隠密《おんみつ》で忍者な王子様が迎えに来るよ。さっきエントランスで見かけたから」

「めちゃくちゃな属性ですね」

桔平くん、来てくれたんだ。私はふたりにお疲れさまでした、と告げて部屋を出た。

蛍光灯の灯りがかえって寒々しい廊下を進む。階段を下りてエントランスに着くと、桔平くんが立っていた。チャコールグレーのコートを着ていて、整った横顔から吐く息が白い。ついでに言うと、王子様より隠密《おんみつ》とかのほうがしっくりくる。くるけど――うん、私にとってはやっぱり王子様だ。

「桔平くん」

私の声に、桔平くんがこちらを向く。そうして頬を緩《ゆる》めた。

「いつから待っててくれたの？　連絡してくれればよかったのに」

「いえ、その」

桔平くんが私の手を取る。嬉しそうな雰囲気を感じて頬が熱い。暗いから、顔赤いの分からないよね？

「俺が会いたくて来ただけなので――」

桔平くんが本当に、本当に嬉しそうに言うから。

だから私は、言葉が詰まって何も言えなくなって、ぎゅっと桔平くんにしがみついた。

その日の夜――たっぷりと、もう信じられないくらい蕩けさせられるように抱かれた。もう執拗っていうか、全身キス塗《まみ》れっていうか……まだ平日なのに！

「う、あ……もう死んじゃう……」

「死にませんよ。いつも亜沙姫さんはそう言いますけど」

そう言いながら私にのしかかった桔平くんは、最奥に屹立を深く突き立てる。快楽の衝撃に、私は「は」と掠《かす》れた息を吐いた。もう声にもならなかった。

「はー……亜沙姫さん、顔、とろとろ。かわい……」

桔平くんの強面《こわもて》だって、びっくりするくらい緩《ゆる》くなってる。飛びかけた意識の中でそう思うけれど、言葉にはなってくれない。ただ彼の端整なかんばせ、その頬に手を伸ばしてゆるゆると撫でた。

彼は私の手を握って、それから手のひらに唇を押し付けてくる。

「愛してます」

そう言ってそのまま手首の橈骨《とうこつ》動脈のあたりにキスを落とし、微《かす》かに歯を立てる。今なら分かる。彼のこの行為は、明確な求愛だ。

「大好き」

求愛だって分かったのなら、返さなくちゃ。喘《あえ》ぎすぎて掠《かす》れてしまった声で私が口にすると、桔平くんは嬉しそうに私を抱きしめた。最奥にあった硬い熱の角度がぐりっと変わって、私はつい喘《あえ》いでしまう。

「亜沙姫さん、ここ、気持ちいいですか」

桔平くんは私の頭に頬ずりをしたあと、顔を覗き込んでくる。こくこくと頷けば、どこか真剣な様子さえ感じる表情で私を見つめ、ゆっくりと腰を引いた。ずる……と抜けかけた屹立は、再び激しく最奥に叩き付けられる。

「はあ……あ……っ」

「本当ですね、気持ちよさそう」

汗ばんだ私の額《ひたい》にキスを落とし、桔平くんは優しい声で言う。なのに、腰の律動は暴力的なまでに快楽を連れてきた。打ち付けられるたびに達してしまい、私は桔平くんにしがみついていやいやと首を横に振る。

「ほんとに、しんじゃうぅ……」

「はは、ほんと可愛い」

そう言って桔平くんは私の頭を抱えて、身体を押しつぶすみたいにぎゅうっと抱きしめる。抱きしめるというより、抱え込むというほうが正確かもしれない。そうやってのしかかられて身動きひとつできない私のナカを、彼の硬い熱がずるずると動く。肉襞を引っ掻かれ、襞のひとつひとつをめくり上げられる。粘膜は熱く蕩け、きゅんきゅんとうねりながら彼の昂《たかぶ》りに吸い付いた。

彼が腰を打ち付けるたびに、淫《みだ》らな水音と腰同士がぶつかる音がする。無理やりに与えられる快楽に、抗うことができない。桔平くんに抱きすくめられて、ただ一方的に淫《みだ》らに気持ちよくされてしまう。

「あ、ああ、あっ」

私は唯一自由になる爪先《つまさき》を跳ねさせた。ぬるぬるになった肉襞がぎゅうっとうねり、入り口が強く窄《すぼ》まるのが分かった。ああ、イっちゃう。そう思うのに声にならない。ただナカを痙攣《けいれん》させて、それが終われば身体を弛緩《しかん》させるだけ。

「亜沙姫さん、もうちょっと頑張ってください」

すっかり身体から力を抜いた私の腰を掴《つか》み、桔平くんはなおも腰を動かし続ける。

「や、あ……もう、無理ぃ……」

シーツに身体をすっかり預けたまま、下腹部には快楽が溜まっていく。もったりとした、クリームみたいな熱だ。

「可愛い。亜沙姫さん、大好きです、愛してます」

そう言って桔平くんは私の身体を起こし、あぐらをかいた膝の上に乗せた。自重で、肉ばった先端がぎゅうっと最奥の気持ちいいところを押し上げる。

私は目を見開き、ぼたぼたと涙が零れた。強すぎる快楽は、もはや暴力と同義だ。

「ああ、あああ……」

桔平くんにしがみつき、ただみっともなく、浅ましく喘《あえ》いだ。なのに、快感を求めて腰が勝手に動いてしまう。

「大好きですよ、亜沙姫さん」

耳元でそう囁《ささや》かれながら、私は達してしまった高みから完璧に下りられなくなる。気持ちよすぎて……もあるけれど、一番は嬉しくてたまらない。

桔平くんが気持ちを返してくれたことが、本当に幸福でたまらないのだ。

「うぅ……、もう朝だ……」

眠り足りないのに、カーテンからは冬の朝日がやたらと爽やかに射し込んでいた。

私は眼鏡をかけて、小さく背伸びをした。桔平くんはすでに起きていたらしく、隣にはいない。

ほんっと、桔平くんすっごい元気。なんでなの、その体力はどこから来るの？

よろよろと起き上がり、服を着て居間へ向かうと、プランがご飯を食べていた。不満そうにニャアと鳴かれる。

「ああ、ごめんね、桔平くんからご飯もらうのご不満でしたか？」

思わず苦笑した。プランは文句を言うようにニャウニャウ鳴きながら、でもご飯が美味《おい》しいらしくて、結局そのまま食べ出した。可愛いなぁ、もう。

キッチンからは、朝食を作る桔平くんの気配。

「おはよー……って、え！？」

キッチンへ足を一歩踏み入れて、私は軽く固まった。

冬の陽が、キッチンの磨《す》りガラス越しにキッチンを清廉《せいれん》に照らす。磨《す》りガラスの中で増幅して、キラキラが増したような朝日。それが照らし出しているのは——おにぎり。おにぎり、おにぎり、おにぎり、だ。

一体、何十個あるんだろう？　とにかくたくさんの、おにぎり。

「おはようございます」

桔平くんは柔らかに目元を細めた。いや、なんでそんなに落ち着いて——

「き、桔平くん。これどうしたの？　今日何か盛大なイベントある？　高校球児のもてなしとか」

「いえ」

桔平くんは端的に答える。……気のせいでなければ、目の端がほんのりと赤い。

「緊張して……気が付いたら、おにぎりを量産していました」

「緊張？　今日、何かあるの」

「——亜沙姫さん」

冬の朝日の中、桔平くんが私と向き合う。桔平くんの後ろの窓から射し込むキラキラの朝日が、彼もキラキラと輝かせていた。

「……初めて会ったときのことを、覚えていますか」

「え？」

私は眩《まぶ》しくて、思わず目を細めた。

「おにぎり、一緒に食べたね」

「……美味《おい》しかったです。とても」

「うん、……よかった」

桔平くんが一歩足を踏み出す。

そうして、私の手を両手で包んだ。

「好きです、亜沙姫さん」

「——！」

私は、ぱっと桔平くんを見上げる。

あたりにご飯のかおりが広がる中、桔平くんは穏やかに頬を緩《ゆる》める。

「大好きです、愛しています」

「……えっと、えっと、その」

頬が熱い。多分、耳どころか首まで赤いんじゃないかなぁ！

「俺は卑怯な男です」

「……へ？」

唐突に始まった言葉に、私は首を傾げた。卑怯って、桔平くんとは正反対の、そんな言葉。桔平くんは、ひどく切ない目で私を見つめていた。

「亜沙姫さんが、……研究のために〝繁殖行動の真似事〟をしようとしていたとき――」

「あ、……うん」

今思えば、ちょっと自棄《やけ》になっていたのかなぁと思うけれど。

「亜沙姫さんが、他の男に抱かれるかもしれないということが、……耐えられなくて、苦しくて」

私の手を包む桔平くんの手のひらに、力が入る。

「……辛くて。家のことをしてほしかったなんて後付けです。誰でもいいなんて、嘘です。なんとか、あなたを俺に縛り付けてしまいたかった」

心臓が大きく跳ねた。彼は、最初から私のこと好きでいてくれた。だから結婚を提案してくれたんだ。ずっと好きな人って、私のことだったんだ……

「あの、ねっ、桔平くん」

私も。私も、最初から、あなたのことが――……

言葉を紡ごうとした私を、桔平くんが目線だけで止めて続ける。

「あなたでなければ、……亜沙姫さんでなければ、嫌でした」

冬の陽射しはキラキラしすぎている。桔平くんの目が潤んで見えるくらいに。

「結婚したあとも、俺は――気持ちも伝えないで、自分勝手で」

私は首を横に振る。

だって、それは私も同じ。怯《おび》えて気持ちを伝えないで、ただ縋《すが》り付いていただけ。

「桔平くん、昨日、……伝えてくれたよ。あの、私も、最初から好きだったの。気が付くのが遅れたけど、その、私も言えなくてごめんね」

「亜沙姫さん」

桔平くんが息を呑み、弱々しく首を横に振る。こんな表情、初めて見た。苦しくて切ない、でも嬉しくてたまらないみたいな、そんな顔。

「俺は――亜沙姫さんが俺に絆《ほだ》されてくれたと確信したから、言えたんです。最初から言えるほど、強くない……やっぱり、卑怯な男です」

でも、と桔平くんは続けた。

「そんな、卑怯な俺ですけど。その上、弱くて、バカで……でも、亜沙姫さんを大事に思う気持ちだけは、誰にも負けません」

「……桔平くん」

桔平くんは冷たいキッチンの床に、片方の膝を立てて跪《ひざまず》く。私の手を持ったまま——求婚する王子様みたいに。

「亜沙姫さん」

「っ、は、はい！」

「死ぬまで、——死んでも大事にしますから」

桔平くんは私の手を握ったまま、じっと私を見上げている。

「病めるときも健やかなるときも——俺と、一緒にいてもらえませんか」

目が熱い。

答えなきゃいけないのに、言葉が出ない。

桔平くんが私から手を離す。そうして立ち上がり、わずかに震える指先で、私の眼鏡を外した。

かちゃりと冷えた音がした。

ゆっくりと、抱きしめられる。

「亜沙姫さん——ずっと俺と、おにぎり食べてもらえませんか」

ぐす、と鼻をすすり、私は桔平くんの胸に顔を押し付けた。

目が熱い。眼球が蕩けて落ちちゃいそうなくらい、涙が零れて止まらない。

「病めるときも健やかなるときも——たとえ世界が終わりそうでも。何十個でも、何百個でも、おにぎり作りますから」

桔平くんの腕の力が、ぎゅうぎゅうと強くなる。逃がさないぞと言われているみたいに、強くなる。

「側にいてください。亜沙姫さん、――俺の、お姫様」

弾かれるように顔を上げた。ぼやけた視界は眼鏡がないせいか、涙が溢れているせいか、もはや判然としない。

でも、そのぼやけた視界の向こうで、確かに桔平くんが笑った気がした。

私の王子様が、笑った気がした。

昔話ならば、ここでハッピーエンドなのだろう。お姫様は王子様から、ガラスの靴やティアラや指輪を受け取って――めでたし、めでたし。

けれど私が囲まれているのは、おにぎりで。ドレスでもない、寝起きそのままの姿。

ガラスの靴の代わりに、少し草臥《くたび》れたスリッパを履いて、部屋着代わりの上下スウェット。桔平くんだって、そうだ。

それがなんだか面白くてくすぐったくて嬉しい。私たちらしくて。

「亜沙姫さん」

桔平くんが、私の名前を呼ぶ。

とても大切に、甘やかに発音される私の名前。

私はぽろぽろとみっともなく泣くばかりで、答えなんかひとつしかないのに、やっぱり言葉になりそうにない。

それでも必死に、なんとか「はい」と口にする。涙が口に入って、とってもしょっぱい。その唇に、桔平くんがそっとキスをしてくれた。

窓の外からは、いつも通りの朝の声。時折聞こえる子どもの声、車やバイクのエンジン音。冬鳥の鳴き声。あと一時間もすれば、私たちもいつも通りの一日を過ごすのだと思う。

だけれど、ほんの少しだけ——今は王子様とお姫様でいよう。

私たちは、今日からやっと、ちゃんと夫婦になったのかもしれなかった。

この作品に対する皆様のご意見・ご感想をお待ちしております。
おハガキ・お手紙は以下の宛先にお送りください。

【宛先】
〒150-6019 東京都渋谷区恵比寿4-20-3 恵比寿ガーデンプレイスタワー 19F
（株）アルファポリス　書籍感想係

メールフォームでのご意見・ご感想は右のＱＲコードから、
あるいは以下のワードで検索をかけてください。

アルファポリス　書籍の感想　検索

ご感想はこちらから

本書は、「アルファポリス」（https://www.alphapolis.co.jp/）に掲載されていたものを、
改題、改稿、加筆のうえ、書籍化したものです。

キマジメ官僚《かんりょう》はひたすら契約妻《けいやくづま》を愛《あい》し尽《つ》くす
～契約《けいやく》って、溺愛《できあい》って意味《いみ》でしたっけ？～

にしのムラサキ

2025年1月31日初版発行

編集ー羽藤 瞳・大木 瞳
編集長ー倉持真理
発行者ー梶本雄介
発行所ー株式会社アルファポリス
〒150-6019 東京都渋谷区恵比寿4-20-3 恵比寿ガーデンプレイスタワー19F
TEL 03-6277-1601（営業） 03-6277-1602（編集）
URL https://www.alphapolis.co.jp/
発売元ー株式会社星雲社（共同出版社・流通責任出版社）
〒112-0005 東京都文京区水道1-3-30
TEL 03-3868-3275
装丁イラストー炎かりよ
装丁デザインーAFTERGLOW
（レーベルフォーマットデザインーhive&co.,ltd.）
印刷ー中央精版印刷株式会社

価格はカバーに表示されてあります。
落丁乱丁の場合はアルファポリスまでご連絡ください。
送料は小社負担でお取り替えします。

ISBN978-4-434-35144-0 C0093